講談社文庫

潔癖刑事　仮面の哄笑《こうしょう》

梶永正史

講談社

潔癖刑事　仮面の哄笑

主な登場人物

●警視庁

田島慎吾　刑事部捜査一課警部補
……潔癖症。無口。伊達メガネ。
スムージーを愛飲。マイ箸を携帯

毛利恵美　刑事部捜査一課巡査
……おしゃべり。天然。田島の相棒。
帰国子女の才媛。ラーメン好き

原田誠一　刑事部捜査一課参事官
……刑事部のナンバー2。メタボ

八木圭一　刑事部捜査一課警部補
……田島の同期で班長。豪快

木場良彦　刑事部捜査一課巡査部長
……八木班のメンバー。気が優しい

榊原淳　亀有署巡査

遠藤保　総務部総務課警部

設楽圭吾　公安部警部

秋山康弘　刑事部捜査二課警部補

松井健　元陸上自衛隊警務官

前沢祐一　元過激派組織構成員

吉永芽衣　スポーツジムインストラクター

プロローグ

梅雨が明けたことを思い知らせるような入道雲が南の空に浮かんでいた。まだ正午前だというのに、気温はすでに今年最高を記録している。

水元《みずもと》公園は東京北東部の県境にある水郷公園で、休日となったこの日は地元の商店が中心となった催しものが開かれており、キッチンカーや屋台が並んだ広場は、多くのひとで賑わっていた。

補助輪がとれたばかりの自転車を漕《こ》ぐ子供が、父親が支える手から離れ、ふらつきながらも加速していく。その様子をスマートフォンで撮影する母親は幸せそうな笑みを見せていた。

ベンチに座った老夫婦は、屋台で買ったのか、一杯のビールに交互に口をつけながら水面《みなも》を走る鳥たちに目を細めている。ランニングをするひと、キャンバスに絵筆を走らせるひと、青空に白く輝く立体的な夏雲を見上げる恋人たち。

午前のうちから夏日となり、湿度もそれなりにあって爽《さわ》やかとは言いがたかったが、梅雨が明けた解放感がそれを上回っていた――。

出し抜けに、カットフルーツを売る屋台に並ぶ西瓜のひとつが飛び跳ね、四散した。

近くにいたひとたちは、肩をすくめながら動きを止めた。なにが起こったのか状況把握に努めたが、それが銃によるものだとはすぐには関連づけられなかった。狙撃ポイントが数百メートル離れていたため、銃声が都会のノイズや休日を謳歌するひとびとの歓声にのみ込まれて耳をつんざくほどではなかったこと、テレビや映画の作られた銃声しか聞いたことがなかったことなどが影響したのかもしれない。

次に、かき氷を売っていた屋台のシロップを詰めた容器が破裂して、周囲に甘い液体をまき散らした。

その約一秒後、鞭《むち》を打ったような音が、今度はしっかりと聞こえ、それでようやく悲鳴が上がりはじめた。それは恐怖を煽《あお》るように、立て続けに三発、四発と続いた。

ひとびとは日常に別れを告げ、いっせいに散った。どこが安全な場所なのかはわからない。ただただ、じっとしていることがもっとも危険だという危機感に突き動かされ、走った。自らの身を、西瓜やシロップと重ねずにはいられなかったのだ。

子供を抱きかかえる母親は、銃声が重なるたびに表情が複雑に変化した。恐れ、怒り、絶望。草食動物のように大きなひとの群れに紛れ込むことで、どうか他が狙《ねら》われて欲しいと願う。

逃げる先で誰かが倒れると、悲鳴があがり、逆方向に走り始める。そこに後から来たひとがぶつかり、倒れ、折り重なる。腰を抜かすひと、ただうずくまって泣き叫ぶひと。そのほかは、まるで屋台の金魚が四方から迫りくるポイから逃れようと右往左往しているかのようだった。

ベンチに座っていた老夫婦は、その場に留《とど》まり、ただ抱きあっていた。人生を全うするその黄昏《たそがれ》時に、こんな終わり方もあるなんて想像すらしていなかっただろう。

そこに新たな銃声が二度ほど重なった。いままでよりも、もっと軽く高い音だった。

それがなんだったにしろ、それを合図に静寂が訪れた。ひとびとは状況を理解できずに、ただ呆然《ぼうぜん》としていた。やがて泣き声や、救助を求める叫び声などが湧《わ》き上がり、殺到するパトカーや救急車のサイレンに打ち消されるまで、それは周囲を満たしていた。

1

手にした割《わ》り箸《ばし》の割れ方が気に入らなかった。一方の根本の部分が大きく斜めに割れ、まるで三角形の旗を掲げているようにも見えた。

田島慎吾《たじましんご》は黒縁の伊達メガネのブリッジを持ち上げ、割り箸入れからもう一本抜き出した。両手の親指と人差し指でしっかりとつまみ、均等に力をかけていく。

まっすぐ、平行に……。

一対で機能を果たすものは、まったく同じ大きさ、重さになるべきだと田島は思っている。それがバランスというものであり、バランスはすべてのものごとに対して安定をもたらす。つまりは、心の平安を司《つかさど》る礎《いしずえ》となるのだ。

バランスの乱れはストレスを生み、それはやがて大きな歪《ゆが》みとなり、様々な軋轢《あつれき》を生む。

人間関係はその最たるものだ。バランスを見誤ると、それは争いに発展する。戦争だってはじめは小さなバランスの乱れが原因だったのかもしれない。

だから、バランスは大切だ。

田島は警察という組織に身を置き、刑事という職にある。一匹狼《おおかみ》であれば気は楽だが、それは映画の中だけだ。警察が悪に対して組織力で圧倒することを是とする以上、他者との連携がとれなければならない。故にバランスを大切にしてきた。

しかし、組織の歯車であろうと思えば思うほど孤立してきたような気もする。

自分に対し「付き合いづらい」というレッテルが貼《は》られていることを感じるようになってからすでに久しい。

はじめに感じたのは、上京し、大学生活を始めたころだ。大学は勉強するための場所のはずだ。そのために学費を払っているのだと思っていた。

しかし周りを見渡せば、〝大学生である身分〟を楽しむだけの者が多く目についた。『勉学は卒業するためにしているだけだ。就職すればそんなもの無意味になるのだから』と。

そんな者たちから誘いを受けることが何度かあったが、すべて断った。そのうち、誘いすらこなくなった。

嘲笑《ちょうしょう》とともに『真面目《まじめ》か！』と揶揄《やゆ》された。

しかし、それでよかったと思った。

卒業後の進路として選んだのは警視庁だった。理由は単純だ。公務員であること。そして個性ではなく、職務に対して真摯《しんし》に向き合う〝真面目〟さが純粋に評価される世界だと思ったからだ。

警察学校を首席に近い順位で卒業し、晴れて警察官になった。

しかし、なぜなのだろう。規則に対し、仲間に対し、自分に対し、厳しくあろうとした。それは警察官として正しい行ないだと思ったのに、それでも浮いている。

ものごとについてもそうだ。ちょっとした乱れが許せない。いや、不安になる。

「逸脱の標準化」という言葉がある。安全技術の塊《かたまり》であるはずのスペースシャトルチャレンジャー号が打ち上げ直後に爆発事故を起こしたことをきっかけに生まれた言葉だという。

その原因は固体燃料補助ロケットに使われていたゴム製のO《オー》リングと呼ばれる部品だった。気密性を高めるための、単純な理論のもとに設計された、単純な構造のゴムパッキンだ。

打ち上げは真冬の一月。連日、氷点下ではゴムの品質は低下する、とOリングのメーカーは訴えていたようだが、NASAは打ち上げを強行した。

打ち上げを延期すればさらに莫大《ばくだい》な費用がかかる、そんなプレッシャーもあっただろう。しかし結局のところは「このくらい大丈夫だろう」という油断が招いた事故だったのではないか。

定められた基準を外れる行動を取ることが悪であるとわかっていても、やがてそれが当たり前になっていく。

——前は大丈夫だった、と。

その油断が積み重なり、常習化する。

それが、逸脱の標準化だ。

警察官として遵守すべきことは、いかなる理由があっても死守すべきなのだ。些《さ》細《さい》なことであっても、やがて大きな事故につながってしまうのではないか。過去の警察官の不祥事は、そういった逸脱があったからではないのか。

気のゆるみは、大事へと続く第一歩だ。だから不安になるのだ。

田島が机に並べるボールペンなどの文具がいつも決まった位置、角度、間隔で並べられているのも、心の平穏のためだ。

心の乱れは、心の大事につながる。放置しておくと、胸の下、みぞおちあたりがぎゅーっと締め付けられるような感覚になるのだ。そこはかとない不安。なにか、よくないことが起こってしまうような得体のしれない恐れ。だから――。

「ねぇ、タッシーさん」

田島は短く息を吸って我にかえる。額を軽くしめらせていた汗を、伊達メガネを取った手の甲で拭《ぬぐ》った。それからわずかに顔を横にして、声の主に目をやる。

毛利恵美《もうりえみ》は細い眉《まゆ》を寄せて、シャープペンシルで描いたかのような細い皺《しわ》を眉間《みけん》に刻みながら田島の様子を窺《うかが》っていた。

「やっぱり、病気ですよ。それ」

歪《いびつ》に裂けてしまった割り箸を傍らに置き、また割り箸入れに手を伸ばしていた。

「きっちり割ろうなんて無理ですよ。それ、木ですもん。加工されているとはいえ、自然由来」

もちろん、こちらがどんなに心を砕いて箸を割ったとしても、材質や木目、加工時のわずかなばらつき、ひょっとしたら湿気も関係あるかもしれない。寸分違《たが》わずきっかり半分になることなどないだろう。そんなことはわかっている。なるべく均等に近づけたいだけなのだ。

「あ、いま、きっちりじゃなくても、なるべく同じにしたいだけだ、って思ったでしょ。でも田島さんの場合は、その『なるべく』が尋常じゃないんですよ。ミリ単位、もしかしたらミクロン。そんなわずかなことで欠陥扱いされる割り箸がかわいそう。潔癖症ならそれなりの対処をしてもらわないと、環境破壊になりますよ」

テーブルに置かれた五本の割り箸を指さした。一見、未使用品に見えるほど綺麗《きれい》に重ねられているが、それらは一度、田島によって割られたものだった。

田島とて、こんなことに気を遣いたくなどない。ただ心を落ち着けようと体が勝手に動いてしまうのだ。だから、普段はマイ箸を持ち歩くようにしていた。

それが、今日は持ち合わせていなかった。恵美と食事をするとは想像していなかったからだ。

そんなとき、いつもなら箸を使わずに食べられるものにする。フォークやスプーン、なんならサンドイッチの類《たぐい》でもいい。

それなのにこんなときに限って、田島はラーメン屋にいた。

東京都江戸川区小松川《えどがわくこまつがわ》にあるカウンターしかないラーメン屋。そこに田島を引き《ひ》摺《ず》り込んだのは恵美だった。

「健康オタクだかなんだか知りませんけど、刑事をやってる時点でそんなの幻ですよ」

恵美は米国スタンフォード大学を卒業した帰国子女で、本来であれば父親の会社を継ぐはずだった〝お嬢様〟だ。

田島とは正反対で、彼女の脳内に浮かんだ言葉は、なんのふるいにかけられることもなくストレートに口から飛び出してくる。脊髄《せきずい》の反射だけで行動しているようなもので、あらゆる物事に必要な、順序、序列、礼儀、そして思いやり、そのすべてが欠落している。

まさに、ここにバランスの乱れが生じている。

指導役という名目で恵美とコンビを組まされてから一年半、よく胃潰瘍《いかいよう》にならずにここまで来られたと思う反面、最近、田島の胃がきりきりと痛むのは、やはり恵美の言動に起因しているのではないかと思っている。

その恵美は、空腹になると不機嫌になるのは前からわかっていたが、もし目の前に彼女の好物があった場合、食は最優先事項となる。

それが、ラーメンだった。

ラーメンは、日夜歩き続ける刑事にとって便利な食べ物ではある。しかし、『背脂チャッチャ系』はとくに敬遠したい。

「なにダイエット中の女子みたいなことを言っているんですか。脂を毛嫌いしているから人生にも潤いがないんじゃないですか。それに、脂がいったいなにをしたというんです」

カウンターを乗り越えんばかりの勢いで厨房《ちゅうぼう》を覗《のぞ》き込み、嬉々《きき》とした表情で恵美が言った。

「それに、彼ががんばっている姿を見ないで帰るとでも?」

それを言われると辛《つら》かった。

彼というのは、厨房で湯切りをしている今年二十歳になる蒼汰《そうた》のことだ。蒼汰の父親は半年前、繁華街での些細なことがきっかけで喧嘩《けんか》に発展し、刺されて亡くなっていた。

田島らの捜査により犯人はほどなく逮捕されたが、蒼汰が受けた精神的な衝撃ははかりしれなかった。それまで大学でサッカー部のエースストライカーとして活躍していたことが幻であったかのように家に閉じこもってしまった。

刑事は犯人を逮捕するために尽力できたとしても、起きてしまったことを変えることはできない。遺族の気持ちを晴らすことはできないのだ。

ただ、蒼汰には彼を支える仲間たちの存在があったのはせめてもの救いだった。

「おまちどおさまでした」

蒼汰の笑顔が目の前にあった。青年らしい、素晴らしい笑顔だと思った。

刑事をしていて、遺族の笑みを見ることは稀《まれ》だ。

悲劇をきっかけにしてしか知り合えない関係ではあったが、しっかりと前を向いていることが感じられて田島は嬉《うれ》しかった。

ラーメンを受け取る。山のように積まれたもやしと白髪ネギで麵《めん》が見えなかった。

「これ、うっま！」

背脂の浮いたスープをレンゲで二度ほど流しこんだ恵美は、サラリーマンが駆けつけの生ビールにありついたときのような唸《うな》り声をあげた。

田島もレンゲを押し込んで、スープをすくい取り、口に運ぶ。久しぶりのラーメンは確かに旨《うま》かった。ただ、蒼汰の様子を見るという目的がなければ食べなかっただろうし、油でぬるぬるとする床も気になる。そして、汁を飛ばすことが正義だといわんばかりの勢いで麵を吸い込む恵美……。

見るのも聞くのも耐えられない光景だ。そこから飛んできた数滴のスープが手の甲に降着し、田島は慌ててウェットティッシュで拭いとる。ついでにテーブルも。

ああ、床も靴もすべて拭《ふ》いてしまいたい。

どうして自分はここにいるのか。

「いらっしゃいませ！」

そう、彼の明るい表情が、田島がここにいる理由のすべてだった。ラーメンはその付属要素でしかない。

「ぷはーっ、うまかたー！　ね、タッシーさん」

店を後にするなり、恵美が幸福の吐息を漏らした。

うまかった、という感情すらあえて奇妙に表現する。それがかわいいとでも思っているのか、それとも個性を主張しているつもりなのか。

いずれにしろ田島を逆撫《さかな》でする。

女子高生が仲のいい友達とじゃれあっているのならわかる。しかし我々は警察官であり、そこには明確な階級差がある。断じて友達ではない。言葉を省略することは、礼すら省略されているような気になる。

親しき仲にも礼儀あり、と言われるが、恵美は親しくないのに礼儀もない。

そういえば以前、タッシーと呼ぶのは失礼極まりないと注意したことがあったが、さん付けにすれば解決すると思っているふしがある。

ただ、ラーメンは確かに〝うまかた〟ので、田島は小さく頷《うなず》いて同意を示しながら、手のひらで自身の腹をさすった。胃袋が、久しぶりの脂と炭水化物の摂取過多にパニックをおこしているかのように暴れていた。

小手を捻《ひね》って腕時計を見る。昼食にはやや早い時間であったが、胃にとって久しぶりの大仕事なだけに消化するまでにどれくらいかかるのかわからない。この調子だと、夜は食欲が湧かないかもしれない。

「じゃあ、本庁にもどりますよ」

あとは、待機終了時間まで書類の整理をして今日は終わるのだろう。

刑事ときけば、張り込みや尾行で外を歩き回っているイメージを持たれることが多いが、実際はなにをするにも、そしてしたあとにも書類が必要で、実務の大半は膨大な書類と向き合うデスクワークがメインになる。

様々な業務に対する優先順位の決定とスケジュール管理、さらにそれらが完璧《かんぺき》に進捗《しんちょく》することに至上の喜びを覚える田島には抱えた書類などないが、恵美は違う。締め切りをとうに過ぎているものもあるはずだ。

本心を言えば関わりたくないのだが、指導役であるため、監督し、しっかりとやらせなければ自身の評価にも関わる。

定時に帰れると思うなよ、と心の中で呟《つぶや》いた。

駐車場に向かって歩く。額に浮き出る汗は、梅雨明け宣言とともに力を増した感のある日差しのせいなのか、それとも身体の内部で燃焼するラーメンの分解熱のせいなのか。

田島がハンカチで額を拭ったときだった。携帯電話が鳴った。手に下げていたジャケットの内ポケットから携帯電話を取り出してみると、ディスプレイには同期であり、上司でもある八木《やぎ》圭一《けいいち》警部補の名前が表示されていた。

もしもし、と言うより前に、受話器からは怒号が飛び込んできた。なにについて叫んでいるのかは聞き取れなかったが、その殺気立った言葉をかき分けて八木の声が届く。

振り返ると、恵美も同じように携帯電話を耳に当てていた。ふたりの刑事の携帯電話が同時に鳴るというのは決して良《よ》いことではない。

果たして、顔を見合わせたふたりは、お互いの戦慄《せんりつ》した表情を見ることになった。

公園で銃の乱射事件が発生したとの一報を受けたとき、田島は凄惨《せいさん》な現場を想像した。発射された銃弾は二十発前後。つまりそれと同じだけの犠牲者が出てもおかしくはないからだ。

「緊急車両が赤信号を通過します！　そのままお待ちください！」

助手席に座った恵美がマイクを握りしめて叫ぶ。

田島ははやる気持ちを抑えて慎重に交差点を通過すると、再びアクセルを踏み込んだ。

小松川から水元公園に向かうには、環状七号線を北上するのが早い。休日ということもあって普段より流れはよかったのが幸いした。想像していたよりも長い距離を短時間で稼いでいく。

千葉《ちば》街道から柴又《しばまた》街道に入ろうとしたころ、応援に向かう小岩《こいわ》署所属のパトカーの車列に追いついた。

マイクに向かって叫ばなくてもよくなった恵美が心配顔を向けた。

「この日本で銃の乱射って……テロ、ですか？」

「わかりません」

状況は不明だが、市民を無差別に狙うという意味でいうと、確かにテロともいえた。

テロとは無縁と思われた日本でも政治的なメッセージを含まない、無差別にひとを切りつける〝通り魔〟的な犯行は昔からある。

もし、そういった輩《やから》がどうにかして銃火器を手に入れたら、たちまち大惨事が起こってもおかしくないのだ。

つまり日本の安全神話は、銃器や爆発物の入手が比較的困難であることを前提にした危ういものでしかなく、我々は不安定な綱渡りをしているに過ぎないのだ。

現場となったのは葛飾区にある水元公園。田島が最後にここを訪れたのは十年以上前のことになるのであまり記憶にないが、水辺に緑が広がる開放感のある場所だったように覚えている。いずれにしろ、多くのひとたちが集まる場所だ。

無線が飛び込んできた。えっ、と言って恵美がボリュームを上げた。

〝銃を乱射していた犯人にあっては心肺停止状態、各局にあっては現場保存に努め――〟

自殺したのか、それとも警官に撃たれたのかはわからない。

車列がいきなり止まった。規模は大きいとはいえ、観光客が大挙して押し寄せるような公園ではないし、道幅も住宅街を抜けるためにそんなに広くない。そこに逃げまどう市民や地域住民の車両、そして殺到する関係車両が局所的に集中し、グリッドロックを起こしてしまったようだ。

田島はカーナビで現在位置を確認した。

水元公園は東京ドーム約二十個分の広さを誇る都内最大級の水郷公園で、南北の距離は二キロにもなる。報告によると、現場となったのは公園の南端、「しばられ地蔵口」あたり。現在位置から五百メートルほどだった。

ならば駆け足で住宅街を抜けた方が早いと判断し、近くにあったコインパーキングに車を滑り込ませた。

ヘリコプターが目視できるだけで五機ほど上空を旋回していて空は騒がしかった。警視庁だけでなく、各報道機関の機体だろう。

現場に近くなるほど人は増え、響き渡る怒号や悲鳴は、そんな騒音すらかき消していった。

状況を聞こうと辺りを見渡すが、本庁刑事の中では一番に到着したようで、知っている顔が見当たらない。

「現場責任者はどちらですか？」

小走りに通り過ぎようとしていた制服警官を呼び止めて訊《き》いてみたが、いまは捜査よりも交通整理や救護活動を優先しており、本人も現着したばかりでわからないという。

この場合、まずは所轄署の署長が指揮を執るはずだが、周辺の警察署からも応援部隊が入っているために指揮系統が混乱しているようだ。

「駐車場に行ってみましょう。現場指揮所があるはず」

行き交う警察官の間を抜けていると、恵美が田島の腕をつついた。

「田島さん、あそこ」

その方向を見てみると、公園の水辺にしゃがみ込む意外な人物を見つけた。

田島はその大きな背中に歩み寄りながら回り込み、顔を覗き込んで思い違いでないことを確認してから声をかけた。

「原田《はらだ》参事官？　どうしてここに」

おう、と立ち上がった原田誠一《せいいち》は深いため息をついた。

「早いな」

「たまたま近くにいたところに緊急通報を受けまして。本庁の部隊はもう少し時間がかかるかと思います」

「そうか。実は俺もたまたま近くに用事があってな」

信楽焼《しがらき》の狸《たぬき》のような風貌《ふうぼう》の原田は、警視庁刑事部では刑事部長に次ぐナンバー2のポジションにいる。

田島とは腐れ縁とも言える関係ではある。とは言っても、原田からの一方的なものだが。

「参事官、それで状況はお分かりになりますか」

「犠牲者は一名、けが人は多く出ているが、重篤なひとはいないそうだ」

「一名？」

恵美が上ずった声を上げた。もっと多くの犠牲者が出てもおかしくなかったからだ。田島も、声には出さなかったが同じ思いだった。

「犠牲になったのは遠藤保《えんどうたもつ》警部。現職の警視庁職員だ。逃げ遅れた市民を庇《かば》って、頭部に銃弾を受けた」

絶句していた田島に原田は続ける。

「遠藤警部の実家はすぐ近くだったようだ。今日は休みで、ここを訪れていたらしい。状況はまだわからんが、恐怖のあまりうずくまっていた母娘を助けようとしたところを撃たれたらしい」

田島は肺のなかの空気をすべて失ってしまったと思えるくらい、息苦しかった。

「幸い、と言っていいのでしょうか。死者一名というのは」

「民間人に犠牲が出なかったという意味ではそうだが、死者はもうひとりいる」

原田が視線をやった先には、公園内に植えられた並木があったが、その目はさらに遠くを見通しているようだった。

「犯人ですね？」

「ああ。ここから四百メートルほど住宅街をはいったところに四階建ての廃ビルがあるんだが、そこから撃ってきたようだ。付近をパトロールしていた地域警察官が突入したところ、ライフル銃を向けたために応射。二発を発射し、いずれも犯人の胸部に命中した」

「犯人は、何者なんですか」

「まだわからんが、さっそく公安が出張《でば》ってきていたからな、そっち系なのかもしれない」

そっち系、というのは公安警察が捜査の対象としている、過激派や右翼団体、新興宗教団体などを指している。海外のテロ組織もその範疇《はんちゅう》だというが、犯人はいずれかの組織に所属している人物ということなのだろうか。

「犯人が死亡しているということは、捜査本部は立たないのですか？」

「ああ。しかし本庁に対策本部が設置される。テロの可能性も否定できないからな。公安や組対、それと防衛省情報本部も出てくるかもしれん」

「防衛省も？」

「ああ、もしこれがテロだった場合、国としてしかるべき措置を取らねばならないからな。ま、公安にしろ防衛省にしろ、情報を持っていくだけでウチらにはくれないんだろうけどな」

田島は原田の顔を見ていて、気になることがあった。

いつもと様子が違って見えたのだ。これほど大きな事件が起こってしまったからとも言えるが……。どこか、放っておいたらどんどん深い沼に沈んでいくような、そんな顔だった。

「参事官、なにか気になることでも？」

タイミングを見計らって聞いてみた。

「うん？　あ、いや。なんでもないんだ」

なんでもなくはないだろう。原田が言葉を濁すなんて滅多にないことだ。

「あっ！」

すっかりその存在を忘れていた恵美が、斜め後ろで頓狂《とんきょう》な声を上げた。

「なんですか、急に」

恵美は田島の懸念顔を無視して原田を覗き込んだ。巡査の分際で参事官たる原田にそんな態度がとれるのは恵美くらいのものだろう。

「わかった、あれでしょ。監視システムの件」

この女はなんの話をしているんだ、という顔をしたのは意外にも田島だけで、原田はまっすぐに恵美を見つめ返した。

「例の次世代監視システム、ここでも動いてたんじゃないですか？」

原田は、ほう、と唸った。

「良く知っているな。その方面に強いのか？」

恵美は両手のひらを空に向ける。

「ぜんぜんです。でも、サイバー犯罪対策課に知り合いがいて、そんな話をしてたんです。記憶に残っていたのは、評価委員会の名簿に原田参事官の名前があったから。手広いなあって思って」

田島は割って入る。

「なんのことですか？　監視システムとか評価委員会とかって」

原田はあごをしゃくってその場を離れると、公園の脇を走る通りに出た。そこで街灯を見上げろ、と促した。

五メートルほどの高さに白いプラスチックのカバーで覆われた機器が取り付けてあった。

「監視カメラですか？」

「そうだ。これが、公園内だけでなく、周囲にも数多く設置されている」

「監視カメラが設置されていることは、珍しいことではないと思いますが」

「ああ。しかし、ちょっと違っていてな」

原田はタバコを取り出した。最近、電子タバコに変えたようだ。五十手前で授かった、まだちいさな子供のことを思ってなのだろう。

考えをまとめるように、静かにひと吸いしてから、口を開いた。

『増加を続ける訪日外国人観光客だが、そのなかに『招かれざる客』が紛れ込んでいる危険性が指摘されている」

田島は頷いた。

「テロリストにとって、日本は格好のターゲットになり得ますね。いまだに日本の監視能力は先進国に遅れをとっていると言われていますから」

「その通りだ。そこで官民挙げて取り組んでいるのが監視カメラ技術の向上だ。とは言っても単にカメラの台数を増やしたり、画像の鮮明度を高めたりするものじゃない。人物の表情や仕草、行動を数値化し、犯罪リスクを評価するＡＩ技術を核とした新世代の監視システムだ」

本庁からも捜査員が到着しはじめたようだ。覆面パトカーに道を譲り、原田は続けた。

「これまでも事件捜査で監視カメラは活用されてきたが、基本的には事後だ。これが実用化されれば先手を打って犯罪を防ぐことが可能になる」

恵美が小首をかしげた。

「それって、顔を見ただけで、犯罪者かどうかわかるってことですか？　そんなことが可能なんですか？」

「たとえば、ベテランの地域警察官は、パトロール中に通行人の顔を見ただけでピンとくるという。そういうことが、ＡＩの技術や理解が進み、コンピューターにも可能になりつつある」

「じゃあ、職質コンテストなんていらなくなりますね。街のお巡りさんよりもＡＩが教えてくれる」

言い得て妙だな、と田島は思った。

その次世代監視システムがやろうとしているのは、まさに地域警察官が培ってきた職務質問技術のコピーだ。ベテランになると、パトカーの中からほんの一瞬、顔を見ただけでその人物の悪意の有無を読み取れるという。いわゆる警察官の勘というやつだ。実際、薬物所持者などの摘発が職務質問をきっかけにしてなされた例も多い。

「もちろんまだ人間にかなわないところは多々あるだろう。しかし、警察のリソースにも限度がある。このシステムは都内全域を二十四時間態勢でカバーしてくれる仲間だと思ってくれ」

田島はもう一度、頭上の機器を見上げた。

確かに、テロ犯だけでなく、通り魔犯など、悪意を持った者がその犯行に至る前に検出することができれば、対象者をあらかじめ監視下に置くことができ、犯罪を未然に防ぐことも可能になるかもしれない。

「それで、委員がどうとかというのは？」

「公安委員会はこの技術の導入に前向きでな、まず、各会場や空港、政府施設など、重要な施設や重点監視エリアから配置しようとしている」

ただな、と原田はタバコの吸い殻を携帯灰皿に押し込んだ。

「監視システムはできれば一本化したい。特に、いま挙げたようなエリアでは」

「名乗りを上げている企業が複数あるということですか」

「まだ途上の技術だからな、それぞれ良し悪しがある。それでも、ずいぶんと時間がかかったが、現在は二社に絞り込まれている」

ここで田島は合点した。

「委員というのは、その選定についてのことなんですか」

原田は頷いた。

「有識者が集まって評価を行っている。この二社のシステムの性能は同程度で甲乙が付けがたい。そこで、それぞれのシステムの一貫性・信頼性の評価を行うため、実際にテスト運用させて比較することになった。ここのエリアはそのうち一社のシステムが稼働していたんだ」

恵美が、よく聞こえる声でひとりごとを呟いた。

「ということは、自慢のＡＩシステムは犯人を見逃してしまっていたってことなのね」

しかし原田は反論しなかった。

「実際、そうだな。監視システムはまだ完璧じゃない」

原田が浮かない顔をしていたのは、事件が発生してしまったことと、それを防げると期待していた監視システムが機能しなかったことへの失望が入り交じっていたからなのかもしれなかった。

田島らは本庁に詰めて、情報を集約することになったが、デスクに戻るころには、犯人が何者なのか、すでに判明していた。

前沢祐一《まえさわゆういち》、四十三歳。かつて過激派組織に所属し、多くの事件に関わっていたことから公安にマークされていた時期もあったようだ。

その公安部の調べによると、前沢は単独行動を好んでおり、勝手なふるまいから組織からも疎まれていた。

行動は衝動的で、確固たる意志をもたない。度々、薬物にも手を出しており、ただ単に騒ぎを起こせればいいという輩だとの評価だった。

今回もその犯行動機はつかめていなかった。

また使用された銃は、先月、秋田《あきた》で盗難届が出されていた狩猟用のライフル銃だいた。

ったことがわかっている。

本庁に設置された対策本部の会議には課長職以上が出席した。そのあとの福川大地《ふくかわだいち》一課長との会議には係長以下班長職が招集され、田島は班長たる八木から話を聞いた。

八木圭一とは同期で昇進も同じ。なにかと比較される存在だったが、なんの因果かいまでは上司と部下の関係だ。田島と違い、私生活では結婚し、可愛い女の子もいる。

恵美は、そんな田島を「コミュニケーション下手で、ひととしてなにかが足りないからだ」と無責任に評している。

コミュニケーション下手なのはともかく、ひととしてなにかが足りないというのは、そっくりその言葉をなげ返してやりたい。

「——それで、監視システムの話になったんだけどな」

「例のやつか。今回はうまくいかなかったみたいだな」

八木はさらさらの髪をかきあげながら、あたりを窺ったあと、前のめりになった。

「ああ。やっぱりAIなんかじゃダメだろ、という雰囲気だったんだが、実はもう一社の監視システムは別の場所で前沢の姿を捉え一週間も前から警告を発していたらしい。危険人物だ、と」

「そうなのか？　じゃあ、もしその情報が共有されていたら、この事件は防げたかもしれないってことなのか」

「ああ。ただ、なにせテスト運用中の監視システムだからな、警告を周知させたり、地域警察官に職務質問するよう促したりするというワークフローについては、まだ徹底されていなかったようだ」

田島は嫌な気持ちになった。結局、どんな優れた監視システムでも使う側の人間も進化しなければ、なんにもならない。

「じゃあ、システムはそっちのほうが優れているんだな。採用も？」

「ま、そうなるだろうな。聞いたことあるだろ、ソナーエスカレーションズ社製だ」

「ああ、〝スマホからロケットまで〟って会社だろ？」

アメリカ、シリコンバレーを拠点にした企業で、カリスマ性のあるＣＥＯが率いている世界的な企業だった。

ディエゴ・アラナ。時代の寵児《ちょうじ》と言われる反面、子供のようだとも評されている。新製品が出るたびに、自信満々でプレゼンテーションをする様子をなんどか見たことがあるが、実際、見た目はカジュアルで、威厳というのはあまり感じさせない人物に思えた。

癇癪《かんしゃく》持ちで、利益度外視でものごとを推進する。その実、スマートフォンから自動運転自動車、そしてロケットを飛ばすとまで言い始め、その好奇心優先の会社運営は多くの株主を慌てさせた。

しかし、それでも成功しているのだ。

それは彼のカリスマ性に優秀な人材が引き寄せられるからだと言われている。何度か倒産の危機に陥っても、どこからともなく出資が集まるのだ。

「すでにEUでもソナー社のシステム導入に向けて動いているっていうから、本命だろうな。対抗馬は日本企業で評判は良かったんだ。しかし今回の一件で旗色は悪くなった」

水元公園周辺を担当していたのは、国産のシステムだった。

日本の市場に特化して最適化が進んでも、規格としては世界から孤立していき、結局は淘汰《とうた》されていく。こういった日本発の技術が世界では認められず、優れていながら消えていったものは多い。

「単純に性能がよければいいってもんじゃないってことだな。国産のシステムは企業連合だったか？」

「ああ、中心になっているのは、羽田《はねだ》にある東基研《とうきけん》――東京基礎技術研究所っていうベンチャー企業だ。代表者がもともと大手商社の出身でコネクションはあちこちにあるようで、大学や大手家電メーカーの研究所を巻き込んでオールジャパンで構成されている」

「国民感情としては国産企業に頑張って欲しいが、捜査のツールとして考えると、世界と同じという安心感は強い」

「そうなんだ。海外で手配されているやつが日本に潜んでいるかもしれないし、逆に海外逃亡した犯罪者を世界の果てまで追い詰めることが可能になるかもしれない」

「なんの話？」

一時間ほど前、小腹が空いた、と木場良彦《きばよしひこ》を従えて食事に行っていた恵美が、戻ってくるなり割り込んできた。

木場巡査部長は、恵美よりも先輩かつ上官なのだが、見た目同様に優しすぎるところがあり、いまでは恵美に振り回される存在になってしまっている。

「別に楽しい話ではないですよ」

「そうか！　それならいいです！」

あっさりそう答えて席に座った。意識はすでに自らの爪《つめ》に向いていた。

八木と肩をすくめあった時、ちょっといいか、と声がかかった。振り返ると声の主は原田。座っていた木場は即座に起立したが、恵美はネイルを撫でながら上目遣いに見るだけだった。

「参事官。ここにいらっしゃるとは、また嫌な予感がしますね」

こういうとき、たいていは無理難題といっていい特命が下されてきた。

ややとげのある言い方になった田島に原田は苦笑した。

「俺に嫌味を言うのはお前くらいだ」

「参事官、なにかご用ですか」

八木も、さりげなく〝うんざり色〟を乗せた声で答えた。四人しかいない八木班で、いつものごとく田島と恵美が特命という名目で別行動を命じられてしまったら、そのしわ寄せは八木と木場のもとへいく。

「安心しろ。今回は八木班全員だ」

八木の眉間に皺が刻まれた。

「安心の意味がわかりません。それに、課長や係長からなにも聞いていませんが」

「ああ、一課長がお前らから嫌われないように、俺から直接伝えたくてな」

冗談とも思えない言い方だった。

「それで、我々はなにをすればよろしいんでしょうか？」

原田は八木から順番に、班員全員の顔をゆっくりと見渡した。

「今回の銃乱射事件、これを調べてほしい」

四人は顔を見合わせ、田島が代表するように聞いた。

「対策本部に加われということですか？」

「違う。なにが起こったのかを調べて欲しい」

「それなら対策本部からの報告書をお読みになればいいのでは？　あそこに情報を集約し、最終的に警視庁としての公式見解をとりまとめるはずですが」

「いや、お前らの目で一から事件を見直して欲しいんだ。そして得られた情報は捜査一課の連中とは共有せず、俺に直接報告してくれ」

田島は、八木の困惑顔を受け止めることができなかった。自身もそうだったからだ。田島は細めた目で聞き返す。

「参事官は、対策本部が信用できないということですか？」

原田は真っ直ぐに見据えたまま、ゆっくりと首を横に振った。

「別の角度からでなければ、ものごとの本質は見えないと思っている。お前らの報告が対策本部のものと同じだったらそれはそれでいい。公式見解が確固たるものになるからな。だが、そうなるとは限らない」

「乱射事件には違う一面もあるとお考えなのですね」

原田はそれには答えなかったが、頼んだぞ、とだけ言って背を向けた。

そしてひとこと呟いた。

「鬼が出るか蛇《じゃ》が出るか——俺にもわからない」

2

田島は愛媛《えひめ》県松山《まつやま》市の出身だった。実家は道後《どうご》温泉商店街にある土産物《みやげもの》屋を営んでいたことから警察学校では〝坊っちゃん〟と呼ばれていた。

大学進学を機に上京し、卒業と同時に警視庁に入庁したので、来年で二十年、故郷よりも長い時間を東京で過ごしてきたことになる。

父親は義理堅く、また縁起をかつぐひとだった。

『すべての存在は無数無量といってよい程の因縁によって在り得ている』という仏教思想が口癖で、〝縁起をかつぐ〟だけではムシが良すぎる、故に鬼も福も等しく受け入れろ、と言っていた。『貸し』は忘れても、決して『借り』は忘れない義理を通す生き方をするひとだった。

また躾《しつけ》にもうるさかった。潔癖症というよりは、意識して几帳面《きちょうめん》に生活をしていたのだと思うが、それを田島にも押し付けた。

なにごとも几帳面であることを是とし、その乱れは心の乱れに通ずる、と。

さらにルーティーン。同じリズムで生きることは、平穏な人生を送れる礎となるのだと、ことある毎《ごと》に言っていた。

父は、毎朝欠かさずに、近くの伊佐爾波《いさにわ》神社で手を合わせるのを日課にしていた。田島も子供のころは一緒に連れられていったものだが、自我が芽生えてくると、それも五月蠅《うるさ》く感じてくる。

田島はそんな父親が自分の考え方を押し付けることが嫌だった。これは教育の類ではなく、個性の圧制だと思った。

その反動から、田島は毎日ルーティンにいそしむ父を小馬鹿にする気持ちがうまれ、部屋の整理整頓《せいとん》に心を砕いたこともなかった。

そもそも、仏教を語り縁起をかつぐのに、神社に参るのは矛盾ではないかとも思ったものだった。

そんな父が亡くなったのは田島が高校二年の冬だった。

何気ない平日の昼間に、車に撥《は》ねられて死んだ。県外から来た観光客が、松山城に気を取られ、青信号で横断中の父にほぼノーブレーキで突っ込んだのだ。

事故の責任は、その観光客にある。

それは間違いないのだが、しかしその流れをつくってしまったのは自分のある行動なのだ、との思いをいまだに吹っ切れないでいる。

不幸な偶然の積み重ねで起こったことであり、自分の行動が将来どう影響するかなどわかる者などいない。

だが、父親が几帳面に守ってきたルーティーンを崩す、その一番はじめのきっかけをつくったのが自分であることに間違いない——。

あの日の、自分の無自覚で無責任な行動が招いた……。

田島の思考、そして言動は、約二十年にもわたって、この閉じた輪の中から出られない。その間に父の思考が乗り移った、いや〝理解するために〟自分が倣《なら》おうとしているのかもしれない。それが潔癖という言葉に集約されている。

時々思うことがある。「自分がつくったと思っているきっかけすら、別の大きな流れの一部だった」のではないか。そう考えれば、責任を転嫁できるようで気は楽だが、いつまでたってもその〝流れ〟の存在を感じられないでいる。

だからかもしれない。事件と対峙《たいじ》すると、紐解《ひもと》きたくなるのだ。すべての因縁を。

被害者にどんな流れと力が作用したのか。それを解き明かすことが、自分を閉じた輪から解放することになると。

田島にとって捜査とは、その大きな流れを見つけ出そうとする行為を象徴していることでもあるのだ。

田島はテーブルの上に置いたボールペンに手を伸ばし、左方向に約十度回転させた。この位置、この角度が最も心にバランスをもたらし、職務に集中できる。

ものごとを確実に進めるための、大切なルーティーンだ。

「さて、どこからいくか」

八木が言い、田島は脳裏にこびりついていた伊佐爾波神社の朱《あか》い鳥居のイメージから意識を戻した。

朝から八木班のメンバーは定員六名の小会議室にいた。原田から一課内にも情報を共有するなと命じられていたので、こうして籠《こ》もっているのだ。

田島は腕組みをして俯《うつむ》いた。

「事件を一から見直せということだからな。二手に分かれるか」

「たとえば？」

「俺は関係者をあたるから、ヤキバは周辺の防犯カメラを当たるとか」

ヤキバとは、八木・木場組のことだ。いつの間にかそれが定着していた。

「わかった。それで行こう」

田島は立ち上がると、不満そうな顔をする恵美に顎《あご》をしゃくって見せた。

外に出ると、すでに朝の爽やかさは消え失せ、風のない空気はアスファルトから上昇気流を生み、汗を噴き出させる。

霞《かすみ》ケ関《せき》駅に向かって歩を進めていると、二歩後ろをついてくる恵美の不満が背中に刺さってきた。

「ねえ、なんでですか」

田島は振り返ることなく答える。

「なにがですか」

「なんでこのクソ暑い日に外回りを選ぶんですか。ヤギちゃんに気を遣っているんですか」

「地取り、鑑取りは刑事の基本です」

聞き込みには、目撃情報を聞いて回る「地取り」と、人間関係を調査する「鑑取り」がある。どちらも刑事の基本要件だ。

「クーラーが効いた部屋でできる捜査という選択肢もあるのに、どうしてわざわざ暑いほうをとるんですか。決定する前にあたしの意見を聞いてください。さもなければ巻き込まないでください」

不平不満はいつものことではあるが、図らずも一年以上コンビを組んでいると感じることもある。

「この任務に、なにか気が乗らないことでもあるんですか」

恵美は駆け足で田島の前に回り込み、足を止めさせた。

「やばいですよ、これ」

「なんのことですか」

「一課のなかでも情報共有しないって、ただごとじゃないじゃないですか」

「それでも、紛れもない上長からの命令です。ただごとであろうがあるまいが、従ってしかるべきです」

「タッシーはロボコップですもんね」

揶揄を無視し、田島は恵美の脇を通り抜けて地下鉄駅への階段を降り始めた。

「これって、下手すると出世に響くと思うんですよね」

肩越しに恵美を見やる。どこか田島を試すような目だ。

「毛利さんが出世を考えていたとは意外でした」

「組織に属する限り、上を目指すのは至極当然だと思いますが。それに――」

田島が路線図を見上げて乗換駅を確認している間は黙っていたが、向き直ると続きが始まった。

「――しらじらしいと思いません？」

「なにがですか」

「あたしたちに調べさせる理由っすよ。『別の角度からでなければ、ものごとの本質は見えない』だって」

原田の喋《しゃべ》り方を真似《まね》しているつもりなのだろうが、全く似ていない。

「それのどこがしらじらしいんですか」

田島は言いきかせるような口調で続けた。

「確かによくわからない命令ではありますが、それはいまにはじまったことじゃない。今回も原田さんの経験に裏打ちされた刑事の勘が働いたのでしょう。だからこそ、ですよ」

「なにが？」

「そういうのってね、気になって仕方がないんですよ、私は。収まりがわるいというか。物事には――」

「すべてが万事、因縁があるのだから、真理にむかって糸を辿《たど》るべきだ、でしょ」

因縁という仏教用語に田島ははっとした。父も似たようなことを言っていたからだ。

その父が死んだのは単なる偶然なのか、それとも運命だったのか。どんな宗教の定義を持ち込んでも、簡単に答えの出る問いではなかった。

しかし、最近になって思うことがある。事件を紐解いていくと、そこには必ず真理があり、偶然に思えた出来事でも、因縁が隠れていた。そしてそこに辿り着くたび、田島はどこか解放される気持ちになるのだ。

父の死が運命だと片付けてしまうと、父のそれまでの生き方に意味を見いだせないが、もし因縁があるなら、それを紐解いてみたいと思う。

それが、常に負い目に追われている自分に残された、最後の救いに感じるのだ。

「なにごともはっきりとさせないとすっきりしない。そうか、ロボコップっていうよりは潔癖症特有の、細部にこだわらないと気が済まないってやつですか」

細部にこだわりたいのは、真理にたどり着くことが正義であると思っているからで、決して自己の不満を解消させたいわけではない。

いや……そうなのだろうか。

「なんども言いますが、私は潔癖症ではありません」

「いや、潔癖症っすよ。間違いないっす。それともなんですか。病院に行って『あなたは潔癖症陰性ですね』とか言われたんすか」

「病院なんか行っていませんよ」

「じゃあ、推定有罪。自身の潔癖を否定する根拠を持っていないですよね？」

得意満面で鼻の穴を膨らます。これ以上は時間の無駄だ。

「とにかく、毛利さんだって、物事をはっきりさせたいタイプじゃないですか？

ま、私はどちらでも構いませんけど」

ふうん、と興味なさそうに言う反面、目は好奇の光を帯びていた。もし目の前にパンドラの箱があったらなにも考えずに間違いなく開けてしまうタイプだろう。

「ま、たしかに。じゃあ付き合いますよ」

そう言って、恵美はさっさと改札をくぐり、丸《まる》ノ内《うち》線のホームに降りる階段に向かう。

「あの、毛利さん」

田島が後をついてこないことに気づいた恵美は振り返り、片眉をあげることで『なんで？』を表現した。

「そっちじゃありません。千代田《ちよだ》線です」

「ま、丸ノ内線のホームからだって、千代田線に行けますもん」

「それだと降りたり上ったりする回数が無駄に多いんですよ」

出かかった文句を飲み込んだ恵美は、本来なら最初に聞くべき質問をした。

「で、どこに行くんですか？」

田島と恵美は水元公園にいた。事件から二日が経った平日の昼下がりで、規制は解除されているが行き交うひとの数は少ない。これが普段からなのかどうか、田島にはわからなかった。

「ここですか」

立ち止まった田島の横で、恵美が地面の一点に視線を落とした。花束が、供えてあった。

「ええ。遠藤警部が撃たれた場所です」

遠藤とは面識はなかったが、休日に事件と遭遇し、身を挺《てい》して市民を守った。まさに警察官の鑑《かがみ》だと思った。

田島が手を合わせると、恵美もならった。それから目をあげると、深緑の木々の先に、茶色のビルが見えた。

行ってみましょう、と廃ビルに足を向けた。

前沢がライフルを乱射した廃ビルは、遠藤が倒れた場所から南西方向に四百メートルほど離れたところにあり、もともとは鞄《かばん》の工場だったという。

入り口に所轄である亀有署のミニパトカーが止まっていた。

「ご苦労様です。捜査一課の田島といいます」

「あたし、同じく毛利」

警察手帳を示して、立ち入って良いか尋ねると、年配の巡査部長は車を降りて、草むした門扉《もんぴ》の鍵を開けてくれた。

「現場検証はすべて完了していますか？」

「そう聞いています。ただマスコミやら興味本位のひとが来ることがあるので、念のため警戒しています。ついさっきまでビルの管理会社なんかがきておりましたがさきほど帰りました」

土地は五十坪ほどだろうか。レンガの外壁を持つその廃ビルの周囲は、オレンジと黒のガードフェンスで囲まれているものの、立ち入ろうと思えばいくらでも入れる。現にビルの壁面はスプレーアートで埋め尽くされていた。

「ここは無人になってどれくらいなんでしょうか」

「私は亀有署に来て十年になりますが、すくなくともそのころから廃業していたと記憶しています。近所の子供たちは〝おばけビル〟なんて呼んでいました」

警官は帽子を取り、汗を拭った。

「廃業後、オーナーが亡くなってから遺族で揉《も》めていたようです。それでようやく更地にしてマンションを建てようと話がまとまった矢先の事件だったようですよ」

うです」

「ええ。門扉に鎖が巻いてあったのですが、犯人はワイヤーカッターで切断したよ

その鎖は証拠品として回収されたようだ。

警官は鍵の束を取り出すと、管理会社が新たに設置したという真新しい鎖を留めている南京錠と、一階入り口のドアを解錠した。

「私はここにおりますので、なにかあったらお知らせください」

田島は警官に頭を下げ、ビルに足を踏み入れた。

南側に窓がないせいか、薄暗い。セミの声さえ入り込むのを躊躇《ためら》うかのように、不気味とも言える静けさがあった。

一階部分はガレージと倉庫として使っていたようだ。コンクリート打ちっ放しの壁、天井は鉄骨の梁《はり》が剝《む》き出しになっている。当時を偲《しの》ばせるものは残っていなかった。

扉を開けると、やはりコンクリートの階段があった。

田島は小学生の頃を思い出した。どこか構造や匂《にお》いが昇降口に似ていた。埃《ほこり》っぽいコンクリートの床。田の字の木枠を持つガラス窓は割れて、壁のツタが入り込ん

でいた。

階段を上り二階に足を踏み入れるがなにも残っておらず、だだっ広い空間が広がっていた。おそらく工房として使っていたのではないだろうか。三階には事務所だったことを偲ばせる形跡がいくつか残されていた。壁にある四角い跡は、カレンダーか、行動予定表が貼られていたのかと想像する。衝立障子《ついたてしょうじ》の奥は給湯室だったのだろう。奥には小さなシンクが備え付けられていた。

そして四階。

まず足元がふわふわとする感じがしたのは、床がテラコッタ調のクッションフロアだったからだ。

百平米ほどの広さの、間仕切りのない長方形の空間が広がっていた。公園に面した右手の壁に窓がふたつ、腰ぐらいの高さに、大きな枠に引き違い窓が嵌《は》め込まれている。北向きのせいか、これだけでは薄暗さを払拭することはできない。

ここは、会議室かそれとも社員の休憩室として使われていたのだろう。

手袋をして、手前の窓を開ける。蒸し暑くも新鮮な風が入ってきて、肌に張り付いていた汗を拭ってくれた。呼吸が楽になった気がした。

このあたりは平屋の民家が多いため、水元公園まで四百メートルの距離があるとはいえ、池で羽を休める水鳥や、散歩をする犬、木陰でタバコを吸うひとなどがはっきりと見えた。きっと、この展望は自慢だったのだろう。

反面、狙撃に適した場所とも言えた。

足下を見ると、チョークで印が残っている。ここが「現場」だ。前沢が銃を撃ち、そして突入した警察官によって撃たれた場所だ。

榊原淳《さかきばらあつし》巡査は亀有署に配属されて二年目の地域警察官で、事件当時は金町《かなまち》駅から都道307号線を北西方向に向かい自転車によるパトロールを実施中だった。東水元二丁目にさしかかったところで銃声に気づき、亀有署経由で通信指令センターへ第一報がもたらされたのが午前十一時十五分だった。応援の到着を待つように指示されるも切迫した状況であったことから単身、突入した。

田島は軽く深呼吸をすると、〝モード〟を切り替えた。

いま得ている情報を総動員して、脳内に当時の様子を描き出すのだ。そしてその映像のなかに自分を投影し、あらゆる角度から事件を俯瞰《ふかん》することで理解を深める。その過程で犯人の行動に矛盾点を見つけることもある。

田島の、この一種の儀式めいた行動について理解している恵美は、邪魔をしないように見守っていた。

――いま、ライフルを抱えた前沢が入ってきた。窓を開け、しばらく公園を見下ろしている。それからおもむろにライフルを構えた。そして引き金を引く。四百メートル先で、西瓜が破裂した。叫び声があがるが、それはどちらかというと歓声に近かった。また撃った。今度はかき氷屋のシロップが弾けた。ここにきて、ようやく異変に気付いたのか、周囲のひとたちに恐怖が波紋のように伝播《でんぱ》する。前沢はゆっくりと右方向に銃口を巡らせて、撃った。秒速八百メートルの速度で飛び出した凶弾は、約０・５秒後、遠藤の頭部を貫いた。

それから右に左に引き金をひきつづけた。

その時だった。階段を駆け上がって飛び込んできた榊原に対し、前沢は銃を向けた。しかし榊原の方が早かった。二発の銃弾が前沢の胸に命中し、前沢はその場に倒れた……。

「田島さん、なにかわかりました？」

恵美がタイミングを見計らって聞いた。

「まぁ、報告書のとおりですけどね」

「でも、なんか気になってる顔ですね」

「そうです？」

恵美が人差し指を自分の鼻の頭にのせた。

「田島さん、自分で気づいていないかもしれませんが、鼻の穴をヒクヒクさせるときって、違和感を察知しているんですよ」

田島は平静さを保って窓の外に視線を向けた。

そんな癖、意識したことはなかった。恵美の当てずっぽうではないのか。

「あたしって、田島さんの目の前に座っているじゃないですか。だからよく観察できるんですよ」

「だからといって――」

自分のことをわかったつもりで言われるのは心外だ、という後半の言葉は飲み込んだ。

すると恵美は得意気な目になる。

「いつもボールペンとかを異常にきれいに並べてるじゃないですか」

「それがなにか」

田島にとって、ものにはあるべき場所がある。だから、田島のデスクに置かれているものは、そこにあるだけの理由があり、その位置関係は一センチのズレもない。

「でね、そのうちの一本がちょっとでも斜めになっていたりすると、田島さん、自分では気付いていなくてもヒクヒクするんです」

今度は鼻の頭を指で押し上げた。〝ヒクヒク〟を表現しているというよりはブタの鼻だ。そんなことはさすがにしていない。

「一日中、私のことを観察しているんですか」

「いいえ。仕掛けたときだけです」

「しかけ……た？」

「は？」

「田島さんの潔癖度を測ろうと思って。あ、ペンを動かしていたのはあたしです」

言葉が出てこなかった。

「田島さんって、たいてい三本のペンを並べるので、そのうちの一本を水平方向に五ミリ単位で動かしたり、五度ずつ回転させたりしてどのくらいで気づくか観察してたんです」

田島は眉間を指でつまんだ。

「あの……確認ですが、そんなことを実際にしていたんですか？」

恵美は当たり前だと胸をはった。

「ええ。田島さんがトイレとかで席を立つ時とかに、ちょろっとね。そしたら、すごいですよ。すぐに鼻がヒクヒクしはじめるんです。自分では気づかなくても、匂いを嗅《か》ぎつけるように。最短記録で二ミリって時がありました」

「あの……毛利さん」

この時の感情をどう表現していいのか田島にはわからなかった。怒りでも呆《あき》れでもない。どちらかというと悲しみかもしれない。どうしてこの首都警察の中枢においてこんな扱いを受けねばならないのか。

「で、話をそらさないでくださいよ」

え、そらす？

恵美とコンビを組むようになってから、開いた口が塞《ふさ》がらない状況というのを何度、体験することになったのだろう。

「つまり田島さんの鼻は〝違和感センサー〟なんですよ。いまも実際にヒクヒクしてたってことは、なにかを感じ取ったってことなんです。で、それってなんですか？」

胃がねじれる思いだったが、深く息を吸い込んだ。

実際、違和感はあったのだ。ただ、それがなにか、田島自身にもわからなかった。そういう意味でいうと、恵美が言うセンサーというのは正しいのかもしれない。無意識の領域でなにかが気になった。いったい、自分はなにを感じたのか。

田島は視線を巡らせて、部屋の奥にあるテーブルに目を留めた。木目がプリントされた安っぽいもので、全部で八つある。

恵美が田島の視線を追い、合点したとばかりに言った。

「ああ、あれですか？　どうせ一つだけ仲間外れなのが気になるんでしょう」

どうせ、の使い方に難があるように感じるが、田島はうなずいた。

四つのテーブルの上に、天板をくっつけるように三つが上下逆さまに置かれている。これらは几帳面な田島から見ても納得できるものだった。きっちりと平行並列が保たれていたからだ。

しかし一つだけがその規律から外れたところに置かれている。最後の最後で、積み上げるのを諦《あきら》めたかのようだった。

「〝どうせ〟なら、全部同じようにすればいいと思いませんか。ちょうど割り切れるのに」

「割り切れるとかっていう感覚はありませんけど」

「きれいに並べろとはいいません。でもね、あえてそうしているとしたらどうです、なにか意味がありそうじゃないですか」

「そうですか？　管理会社の人がサンドイッチを食べる時に出しただけかもしれませんよ」

「じゃぁ、聞いてみましょう」

「えー、なんのために」

「すっきりしないからですよ。鼻がヒクヒクしてるんでしょう？」

実際、管理会社ではなくても、近くの不良たちが出入りしていたこともあるらしいから、配置が不自然に思えてもおかしくはない。しかし――。

田島はテーブルの横まで移動すると、天板が光を反射する位置になるよう身をかがめた。

「埃が、ないな」

天板が露出した二つのテーブルを眺める。

田島にならって身をかがめた恵美に、田島は指で触れないようにして場所を示した。

「埃で曇っていないということは、この二つは最近まで、ほかのと同じように積み重ねられていたのかもしれません」

「それがなんです？　事件に関係しているんですか」

「いや、それはわかりません」

「田島さんは、原田菌に感染しちゃったのでは」

「なんです、それ」

「事件には裏がある、って穿《うが》った見方しかできなくなる伝染病です」

「そんなことはありませんよ」

「あ、むしろ、原田さんに裏があるって考えでしたっけ」

「そうとも言っていません。物事をはっきりさせたい、ってだけです」

恵美はふうん、と言って背伸びをした。

「で、これからどうするんです」

田島も立ち上がり、窓の外に目をやった。水鳥が滑空し、凪《な》いだ湖面に着水した。ここから見ていると、事件なんてなかったのではないかと思えるほど、のどかだった。

「英雄《えいゆう》に会いに行きましょう」

た。


「えっ、辞めた?」

田島と恵美は顔を見合わせた。

榊原が所属していた亀有《かめあり》署は、水元公園からタクシーで十分ほどの距離にあっ
受付で用件を伝えると、対応に出てきた苅部《かりべ》というベテラン然とした警官が、薄くなった頭髪を労《いたわ》るようになでつけながら、そう言ったのだった。

「辞めた……榊原巡査が?」

もう一度、呪文のように繰り返した田島に、立ち話もあれなので、と苅部が案内したのは自動販売機コーナーだった。

プラスチック製の、三人掛けの安っぽいベンチに向かい合って座った。

「すいません。乱射事件の対応で、会議室がすべて埋まっておりまして」

「いえいえ。それで、辞めたというのは」

「犯人とはいえ、ひとを撃ってしまったことがショックだったようです。こちらとしては署長賞くらい出そうなんて言ってたところに辞表を持ってきたので驚きました。その日の夜のことですよ」

——ひとを、殺す。

事情はともかく、確かにその精神的な衝撃は大きいだろう。

「ですが、事件捜査も終結していませんし、拳銃使用について当人への事情聴取もなん回か予定していたので、その場での受理はしなかったんです。落ち着けば気が変わるかも……とも思いましたしね。だから、ちょっと休ませようと思ったんですよ。住まいもすぐ近くですし、呼び出しにもすぐに応じるというので」

「なるほど。それでは榊原巡査からお話を伺いたいのですが、取り次いでいただけますか？」

苅部は落ち着きなく左右を見渡して、顔をぐっと近づけた。

「それがですね、昨日から連絡がつかないんです」

「え？　自宅には行かれたんですか？」

「もちろん。精神的に不安定そうに見えたので、万一のことも考えて部屋に入ったんですが、本人はいませんでした」

田島はため息を吐《つ》き、ベンチの背もたれに寄りかかる。とたんに歪んで浮いていたらしい脚がガタンと音を立てた。

「携帯も？」

「ええ、つながりません。彼の両親はすでに亡くなっており、唯一の身寄りは妹だけなのですが、こちらの電話も現在使われていないと……」

茹部は前屈みになって両手を忙《せわ》しなく擦《こす》る。

「今後の捜査で話が聞きたいと本部から連絡があったとき、我々が所在をつかんでいないというのは管理責任を問われる気もして……」

そこで田島らも本庁からきた人間であることを思い出したのか、口ごもり、それから話題を変えてきた。

「あの、それで、そちらはどういったご用件で」

恵美が小さく手を上げた。

「すでに聴取されているかと思いますが、あらためて状況をお聞きしたかったのです。時間がたつと記憶が落ち着くこともありますので。ちなみに……榊原巡査ってどんな方なんですか」

そうですねぇ、と腕組みをして天井を見上げた。

「正直、目立つ男ではなかったですね。付き合いがいいってわけでもないですし。職務には忠実で超がつくほど真面目なやつなんです。でも、まあ、だからといって熱い男って感じじゃないので、今回の一件では見直したんですけど」

「見直したということは、ひとりで乗り込むようなことはしない、と？」

「ええ。マニュアル通り、まずは応援を待ち、周囲を固めてから突入。そのときも先頭には立たないと思います。みなを引っ張るような性格じゃないんです。もちろん今回は緊急事態でした。まったくの想定外の事態が発生して、警察官としての本能にしたがったのだと思いますが、本来の彼は、小柄で、優しい青年ですよ」

想像していたのとは、やや違う人間像だった。単身乗り込んで犯人を射殺するくらいだから、熱血漢だと思っていた。

——もっと深く知る必要がある。

「すいませんが、我々も榊原巡査の自宅を訪ねてみても良いでしょうか」

「もちろんですが……いないかもしれませんよ」

「はい、構いません。その際は部屋の中も確認したいのですが」

苅部は意外そうな顔をしたが、生存確認にもなると思ったのか、管理会社に合鍵の手配をしてくれた。

榊原の自宅は金町浄水場《じょうすいじょう》横の五階建ての古いマンションだった。少し足を伸ばせば柴又帝釈天や中川の河川敷にも近い、下町色が強く残ったところだった。

管理人室で合鍵を受け取り、階段で二階に上がる。突き当たりからひとつ手前のドアホンのボタンを押すが反応はなかった。今度はノックをする。

「榊原さん、捜査一課の田島と言います」

それでも反応はなかった。

「きっと、マスコミとか押し寄せていやになっちゃったのでは。温泉にでも行っているのかもしれませんよ」

最後にもう一度、声をかけて、田島は合鍵をドアノブに差し込んだ。

「榊原さーん」

半分開けたドアから頭を入れて様子を窺ってみる。三和土《たたき》に出ている靴はない。やや広めのワンルームで、短い廊下の奥にこぢんまりとした洋室が見えた。カーテンは閉め切られているので薄暗く、こもった空気が流れ出してきた。

「約三十平米で、月七万五千円です」

田島の肩越しに恵美が言った。スマートフォンで物件情報を調べたらしい。

靴をきれいに揃えて脱ぐと、かかとを浮かし気味に廊下を進んだ。他人の家に上がるときの癖だ。足の裏にどれほどの雑菌が付着するかもわからない。

しかし洋室に入った時、田島はふわりと足裏をつけた。それくらい、綺麗に片付けてあった。几帳面な性格だったのだろうか。

靴を脱ぐのに時間がかかっていた恵美を振り返る。

「毛利さん、浴槽とトイレ、確認してください」

「えー」

恵美は緊張した顔になった。それから死体でもあるのではないかと、恐る恐るドアを開ける。そして安堵《あんど》の表情になった。

「異常なしです」

そして洋室を見るなり、わあ綺麗、と言った。恵美の部屋より片付いているのは容易に想像できる。

「ちょっと片付き過ぎな気もしますね」

「嫉妬《しっと》ですか」

そんなわけはないだろう、と聞こえるように鼻息を吐いた。

あるとしたら、むしろ共感だ。

ベッドカバーはホテルのように皺ひとつない。テーブルに置かれたテレビとエアコンのリモコンは綺麗に並べられ、ありがちなコーヒーカップの丸い跡もない。

キッチンに目を移せばシンクに洗い物はなく、正方形の小さな冷蔵庫の中には調味料と未開封の清涼飲料水が一本あるだけだった。

「確かに生活感がないっすね。ここ最近、雲隠れして帰宅していないからじゃないですか」

「もしそうだったら、ここを出る時にきっちり掃除をしたことになります。片付け過ぎた生活は、意外と不便ですからね」

「わあ、実感が籠もってる」

「私は最小限のアイテムを考え抜いて選別し、配置しているので不便は感じません。潔癖症ではありませんが、出どころ不明なものに触れたくはない。それだけです」

「それ、潔癖症ですよ。紛れもなく」

あらためて、もう一度見渡すと、まるで、榊原がもうここには二度と戻らないと決意して家を出ていったようにも思えた。

しかし、よくよく見ると、物がないわけではなかった。クローゼットや机の引き出し等をひと通り調べたが、きれいに整頓されている。特に洗面台の収納棚には液体石鹼や歯磨き粉などが大量にストックされていた。必要な時に、必要なものを、必要なだけ取り出して使う。もともとそういった暮らしをしていたのかもしれない。

これが潔癖症というやつか、と田島はどこかシンパシーを感じながらも、鼻にムズ痒《がゆ》さを覚えた。

本庁に戻った田島は喫煙室に向かった。

原田に報告しようと連絡した際、指定されたのがそこだった。

田島にとっては、警視庁本庁舎の中でもっとも縁遠い場所だ。原田に呼ばれたのでなければ絶対に近寄らない。漂うタバコの粒子が自分の肺の中に入り込み、肺胞を破壊することを想像すると嫌で仕方がない。

原田はすでに喫煙室の中にいた。田島が入ると、原田は先に一服を決め込んでいた中堅刑事に向かってひとこと言った。

「はずしてくれ」

中堅刑事は原田の険しい顔を見ると、タバコを吸い殻入れにねじ込んで、そそくさと出ていこうとした。しかし慌てていたからか、タバコはしっかりと消されておらず、田島は立ち上る煙から距離をとった。

「おい、待て。一本くれ」

原田がいうと、中堅刑事はタバコを一本差し出し、ライターで火を点けると退室した。喫煙室には、原田と田島だけになった。

電子タバコでは物足りなかったのか、美味そうに煙を深く吸い込んだ。

「つまり、榊原は行方不明ってことなんだな?」

「結果的にそうなります。上長の話では、ひとを撃ってしまったことに精神的なショックを受けていたということで、単なる失踪であればいいが、と」

「衝動的に自殺に走るとでも?」

「状況はわかりませんが、可能性はゼロではないと思います」

原田は、それまで田島を鋭い視線で見ていたが、すっと外してタバコを口に咥《くわ》えた。深く考えこんでいるように見えた。

この任務そのものにも違和感があった田島は聞いてみた。

「参事官。どうかされたんですか? この事件になにかお心当たりでもあるんですか?」

原田はため息混じりの煙を吐《は》くと、ドアにはめ込まれたガラスを覗き込んで外を確認し、それから向き直った。

「お前、射撃訓練は受けたか」

「はい、半年ほど前に」

警察官には、定期的な射撃訓練が義務付けられている。

「腕はいいか？」

「まあ、拳銃操作上級を取得していますので悪くはないと思いますが」

「これはどうだ」

そう言って、胸ポケットから三つ折りの紙を取り出した。射撃訓練の記録の写しで、氏名を見ると榊原淳となっていた。

原田を窺うと、内容を確認しろと目で示した。

「これによると、榊原巡査の射撃技術は、そんなに高くはなさそうですね」

まだ初級レベルの域を脱せていないようだ。中級取得済の恵美のほうが上手いだろう。

「それなのにだ。榊原の放った二発の銃弾は、正確に前沢の急所を捉えていた。至近距離とはいえ、とっさのことでだ」

「つまり、参事官は榊原巡査を疑っているということですか」

「不自然だと言っているだけだ。前沢を射殺した際に彼が着用していたポリスグローブからは消炎反応が出ているから、彼が撃ったのは間違いないのだろう。その時はたまたま、前沢の急所に当たっただけということもあるからな。考え過ぎならいいが、そうじゃなかった時に困るからお前らに調べてもらった。そしたら行方不明というじゃないか」

田島は頭の中を整理しながら言った。

「つまり参事官が言われているのは、『射撃下手の榊原巡査が、前沢に対しては正確に撃ち抜いて、本人は行方不明』というのが腑《ふ》に落ちないということでしょうか」

「まあそうだな」

「それは、乱射事件と関わりがあるということですか」

「それをお前らに調べてもらっているんだろうが」

「もし事件に裏があるのなら、対策本部に進言して、もっと大規模に捜査をした方がよくないですか」

原田は苦虫を嚙《か》み潰《つぶ》したように顔をしかめながら、タバコを揉み消した。

「時期が来ればな。いまはまだ水面下で動いてもらう必要がある。いいか、他から目をつけられないよう捜査も慎重にな」

「他というのは」

「事件の〝裏側〟にいる奴らのことだ」

「誰が裏側にいるというんです」

原田はそれには答えず、吸い殻を灰皿に押し込んだ。

「裏側は、ひっくり返さんと見えないものだ」

そう言って、出て行った。

原田が出るのを待っていたのか、喫煙者たちが入れ替わりに入ってきて、田島は慌てて外に出る。

しかし、原田のやけに広い背中は、すでに見えなかった。


自席に戻ると、両肘《りょうひじ》をついて自らの頬《ほお》を挟み込んでいた恵美が顔を上げた。そして田島の顔を一瞥《いちべつ》すると立ち上がり、無言でバッグを肩にかけた。

「榊原ちゃんの身辺調査をまだやるんでしょ？」

不本意でもコンビを組まされると、どんなにウマが合わないと思っていても、それとは関係なく以心伝心の状態になるのかもしれない――不本意ながら。

「はい、回って」

恵美が消臭スプレーを構えた。

このあたりも、あうんの呼吸か。

田島は吹きかけられる消臭スプレーに合わせ、腕を軽くひらいてゆっくりと回りながら言った。

「榊原巡査の身辺調査。それと前沢との関係も洗う必要があるかもしれません」

「ん？　前沢との関係ってどういうことです」

田島はひとまわりして、聞き耳をたてる者がいないことを確認したが、それでも恵美にだけ届くくらいの声で原田から聞いた事を伝えた。

榊原の射撃技術、単独で突入するなど普段とは異なる行動、そして行方不明。

騒ぎ立てるかと思ったが、恵美は意外と冷静だった。田島をまっすぐに見つめ返していた目が小刻みに揺れ、それから呟いた。

「ふうん。つまり、どういうこと？」

騒ぎたてるほど理解や想像が及んでいなかっただけのようだ。

「正直なところ、私にもわかりません。ただ、真相は見た目通りではないのかもしれません」

消臭スプレーをハンガーに引っ掛け、恵美がため息をつく。

「まったく、田島さんといると退屈しませんね」

まるで田島が災厄を運んでくるような言い方だった。

「出かける前に二課に行ってきますので、ちょっと待っていてください」

「なんでまた」

「榊原巡査の金回りを調べてもらうんです」

「二課って、ああ、あのセクハラオヤジですか」

捜査二課は贈収賄や特殊詐欺事件など知能犯罪を捜査する部署だ。人物像を描く上で、金回りの情報は重要な〝絵の具〟となる。

恵美がセクハラオヤジと言っていたのは捜査二課特別捜査二係の秋山康弘《あきやまやすひろ》警部補のことだ。かつては組織犯罪対策部に所属し、暴力団が主な捜査対象だった。そのためか、言動も格好もヤクザのような粗暴さがある。

秋山とは過去に衝突したことがあった。というより、彼が所属していた組織犯罪対策部から総スカンを食った。その後、捜査二課に異動してきた秋山とは、なにかと捜査でかち合うことが多い。組対ではともかく、インテリ揃いの二課にあってはやはり異端の存在で、そのせいか、田島のような因縁相手でも声をかければ歓迎はされないまでも無視もされない。

捜査二課の大部屋に入る。同じ課員であっても抱えたネタは話さないと言われるくらいの秘密主義だ。部外者の田島を見る目は警戒の色が濃い。通りかかるだけで、静かにノートパソコンのディスプレイが閉じられていく。

見かねたのか、ゴマ塩頭の古参刑事が立ち上がり、大股《おおまた》で田島に近づいてくるが、その目は優秀な番犬のように友好的ではなかった。

しかし田島が秋山の背後で立ち止まると、古参刑事は腫《は》れ物《もの》には触れまいとばかりに戻っていった。やはり、秋山は二課のなかでも浮いているのだろう。

その秋山は、気配を感じたのか背もたれが外れてしまうのではないかと思えるほどに身体《からだ》を反らせて田島を一瞥すると、新聞に目を戻した。

「なんだ、めずらしいな」

背中ごしに言った。

「ちょっと助けて欲しいことがありまして」

「いつも助けてばかりだな。たまにはこっちも助けてくれよ。でないと有料サービスにするぞ」

あいかわらず口が悪い。

「部下の方たちは？」

「なんかの捜査だろ。朝からいねぇよ」

班長の秋山が知らないわけはないのだが、むだな話はしないということか。

田島はとなりの椅子をひとつ引き寄せると、秋山の横に座り、メモ紙を机の上に置いた。榊原の名前が記してある。

飛び出しそうな秋山のギョロ目がそれを捉える。

「なにもんだ、そいつ」

「亀有署地域課の巡査です。先の銃乱射事件で犯人を射殺しました」

「ああ、あの英雄さんか。それがどうした」

「彼の金回りを探っていただきたいんです」

「なんでだ」

「ほかに二課に知り合いがいません」

「そうじゃねぇよ。上から捜査依頼を出してもらえばいいだろうって話だ。こんなにコソコソしなくてもよぉ？」

いつの間にか秋山の顔が不敵に歪んでいる。

「秋山警部補なら、そのへんの事情を分かっていただけるかと」

新聞を閉じ、メモ紙を凝視する。榊原の名前しか記されていないが、何かを透かし見ようとしているかのようだった。

田島は追い打ちをかける。

「そういう話、お好きですよね？」

「ひとを興味本位でしか動かないように言うな」

それでも獲物を見つけたような邪悪な笑みを浮かべる秋山は、とても刑事とは思えなかった。どちらかというと、強請《ゆす》るネタを見つけたヤクザのようだ。

「で、具体的になにを知りてえんだ」

「身分不相応な金の出入りがないかどうかです」

「銀行を回るには二課長の決裁がいるぞ。理由もなく進言できん」

「そこは秋山警部補のやり方で」

「お前、手続きにはうるさい潔癖男だったんじゃねぇのか？」

「自分でそう言ったつもりはありませんし、やるのも自分じゃありませんので」

「食えねぇ男だな」

最後に破顔した。

「分かった。二、三日、時間をくれ」

田島が敬礼をすると、秋山は蠅《はえ》を追い払うように手を振った。それから思い立ったように呼び止めた。

「あ、まて！」

「なんでしょう」

「合コンな。これ、大きな貸しだろ」

メモ紙を指で挟んでヒラヒラとさせる。

「私に女性を紹介できるだけのコネクションがあるとでも？」

「あるじゃねぇか、あのお嬢ちゃん」

眉間に皺を刻んだ田島が、はたと思い当たるまでしばらく時間が必要だった。

しかし、確認するのも怖かった。

「女性なら、誰でもいいんですか……？」

新聞に目を戻した秋山は、こともなげに言った。

「ああ、そうだよ」

二課を出て廊下を歩いていると、小走りの足音が追いついて、併走した。恵美だった。

「なんですって、あのセクハラオヤジ」

恵美は正面を向いたまま聞いた。

「まあ、調べてくれるそうですよ」

「そんなに協力的とは、少し意外ですね」

「誤解しているだけかもですよ。なんだかんだで同じ刑事なのです。正義感の強いひとなんですよ。一度、酒でもお飲みになりながら話をしたら、いい人だとわかるかも」

「田島さん、目が泳いでますよ?」

心の中では頭を抱えていた。

恵美に、秋山と飲みにいってきてくれ、と普通に言ったところで、パワハラだのセクハラだの言われるのがオチだ。

かといって、秋山は結構、根に持ちそうだ。無視したら今後、捜査二課の協力を得づらくはならないだろうか。

「まあ、いろいろと難題がありましてね」

いったん話を打ち切って、地下鉄駅へ向かった。

どうやったら秋山と恵美を同じテーブルに座らせられるのだろう。

3

その秋山から一報が入ってきたのは翌日のことだった。恵美と水元公園近くの定食屋にいたときで、マイ箸をしまっていたところに着信を受けた。

想像していたより早かったので、確認したいことがあるだけなのかと思ったが、話を聞けば、意外なことだった。

「あのセクハラオヤジですか」

通話が終わるなり、恵美が訊いてきた。

他にも客がいたこともあり、まずは会計を済ませ、缶コーヒーを買って公園のベンチに腰を下ろした。

「秋山警部補は共済組合に問い合わせをしたようです」

「キョーサイクミアイってなんすか」

田島はわずかに頭を回して恵美に目をやった。冗談を言っているわけではなさそうだ。

「月々払ってるでしょ？　給料明細とか見ないんで」

「そうなんですか？　掛金」

　よくもまあ、これで社会生活ができているものだと思うが、そもそも大会社のお嬢様なので、仕送りでももらっていて金など気にならないのかもしれない。

「まぁ、あれっすよ。宵越しの銭は持たないってやつ。あればあるだけ使っちゃうんですけど、なきゃないなりに生活できるっていうか」

　そこで胸を張られる理由がわからないが、触れないでおくことにした。

　警察共済組合は健康保険や年金や福祉事業を行っている組織で、保養施設や各種支援を行っている。秋山が目を付けたのは榊原の借入金だった。

「榊原巡査は借金をしていたんです？」

「いえ、申し込みだけです。まだ新人とも言える段階ですから、承認されたのは百万円ほどだったようです」

「でも借りてない？」

「そうなんです。希望額は一千万でしたから」

「そんなに？　借金でもあったんですかね？」

「いえ、治療費が目的だったようです」

「それって、健康保険があるじゃないですか」

「どうやら妹のためみたいですね。重い心臓病を患っていて、ここ数年は入院しているとのことです。榊原巡査は、両親を相次いで亡くしたあと、親代わりになって妹の面倒を見てきたようです」

秋山によると、榊原には七歳離れた妹がおり、去年の成人式にも、彼女は出られなかったようだ。

「保険じゃだめなんです？」

「根本的な治療には心臓移植が必要らしいのですが、ドナーが現れるのをすでに何年も待ち続けたものの機会に恵まれず、症状は重くなる一方だったと。そして症状はかなり逼迫した状況に陥ったため、海外での手術を模索していたようです」

「それじゃぁ、一千万でも足りないですよね……」

「ええ。数億円かかると言われていますからね」

恵美が両眉をハの字に下げた。

「なんか、あいつ、妹想いのいいやつですね」

会ったこともない人物を想像して同情を寄せる恵美に同意しながらも、田島は嫌な気持ちになっていた。それを恵美が見抜く。

「どうかしたんです？」

秋山からもたらされた報告をあたまの中で何度も反芻《はんすう》する。

「その妹さん。いまはアメリカだそうです」

「へ？」

恵美も、すぐその意味が分かったようだ。

「お金、どうしたんです？」

「引き続き調べてもらっていますが、まだ詳細はわかっていません」

「なんか、嫌な感じですね」

「ええ。宝くじに当たったとか、道で拾って着服したとかならともかく――」

もちろん着服については許されることではないが、それ以上に、乱射事件に関わりがあるのではないかという漠然とした不安が気持ちを重くさせていた。

真面目な性格の人間が、弱みを握られることはよくある……。

しかし、事件とどんな関係があるのか。犯人を射殺することで大金を得られるとでもいうのか？

全貌を描くパズルを完成させるには、まだ圧倒的にピースがたりない。

「どうします？　田島さん」

いまはひとつでも多くのピースを集めることが必要だ。

「つぎは遠藤警部のことを調べてみましょう」

「うん？　巻き込まれた被害者ですよ？」

榊原の行動は自然ではない。さらに妹の手術費の謎。どう考えてもそちらを追うのが筋だ。

恵美が問いかけた「どうします？」は、榊原のことを知るために、これからどうするか、だったのだろう。彼女の顔にはちょっとした不満の色が浮かんでいた。

だが、いまは事件の関係者について偏ることなくできる限り知りたかった。

榊原と遠藤はこの事件の両端にいて、前沢がその真ん中にいるように思う。だから片側からだけでなく、両サイドから事件を見ておきたい。

因縁──。この三人の人生を交わらせたのが偶然でない限り、そこには必ずなにかしらの力が働いたはずだ。

そうでも思わなければ、事件の本質を見逃してしまうような、そんな気がしてならなかった。

原田は言った。

『裏側は、ひっくり返さんと見えないものだ』

ならば、ひっくり返すべきだろう。

田島は恵美に向き直る。

「遠藤警部が亡くなったのが必然だったのかどうか、確かめておきたいんです」

「必然だったのかどうかぁ？　じゃあ死ぬ運命だったとでも？」

運命なんてない。

父親のことが頭をよぎる。

あれは、自分の行動が、後に父親の〝ルーティーン〟を乱すことになったのが原因なのだ。

「そんなことは言っていません、逆です。単なる偶然の積み重ねで語られるより、なにが彼と死を結びつけてしまったのかを知ることは、彼に対する弔いでもありますす」

恵美はコーヒーを飲み干して、立ち上がった。

「屁理屈《へりくつ》では勝てませんね」

屁理屈？　田島は、自分の言動はすべて筋の通った理論に基づいていると思っているが、恵美から見れば、筋道の立たない、こじつけの議論に思えるのだろうか。

反論しようと思ったものの、結局そこに正解はないことに気づく。

これは恵美と行動しはじめてから感じたことだ。どんなに考え方が乖離《かいり》していても、それは見方の問題でしかないのだ。

こうして携帯電話を取り出し、八木に遠藤のことについて連絡をしようとしていることが、正しいことなのか、それともただの時間の浪費で、ひたすら榊原を追ったほうがいいのか、この時点では全くわからないのだ。


榊原が妹の手術費をどう工面したのか、そして公園で犠牲になった遠藤のことを調べようと思っていると八木に伝えると、案の定、深く長いため息が受話器に当たり、ボウボウと音を立てた。

それでもちょっと待てと言い、キーボードを叩く音、そして資料をめくる音が続いた。

『遠藤警部は本庁に着任したばかりだったんだな。小笠原《おがさわら》署で五年を過ごし、本庁総務課に着任したのはわずか二週間ほど前の話だ。それで巻き込まれてしまうなんて……。実家は公園の近くだと聞いていたが、ああ、千葉の松戸《まつど》だ』

「松戸？　水元じゃないのか」

『まあ、近いといえば近いさ。江戸川を渡ればすぐだ』

たしかに直線距離では近いが、松戸から水元公園までは、道のりであれば二キロ以上ある。

「あの公園には普段からよく来ていたんだろうか」

『どうだろうな。まだこっちに帰ってきたばかりだから、懐かしさもあって、散歩がてら行ってみたんじゃないか』

それはあり得る話ではあった。

『本庁に懇意にしていた者はまだいなかったようだから、人柄なんかは古巣に聞いたほうがいいかもしれないな。木場に調べさせておこうか』

「いや、こっちで聞いてみるよ。小笠原署の番号を教えてくれ」

八木から伝えられた電話番号を復唱し、恵美にメモをさせる。

その番号にかけてみると、どこかのんびりした感じの受付につながった。受話器の向こうから南国の風が吹いてくるようだった。

遠藤の上司から話が聞きたい旨を伝えると、出てきたのは目黒《めぐろ》副署長だった。

『ええっと、遠藤警部のことでしたな？　残念なことだ』

低い唸り声のあとに、そう言った。

「本当にそうですね。それで、どんな方だったのか、お聞かせ願えないかと思いまして」

『そうだねえ、ひとことでいうと、お人好かなぁ。困ったひとを見かけたらじっとしていられないんだ。あまりに献身的だから、まちのひとに心配されるくらいだったよ』

倒れたひとを助けたというのも、警察官だったということ以前に、その人柄だったのかもしれない。

「本庁への異動はご本人の希望だったのでしょうか」

『もともと、ここでの任期は満了していたんだよ。ただ、後任が来るのが遅れたりしたもんだから、ちょっと延ばしてもらっていたんです。こっちの暮らしも気に入っているようでしたけど、まあ、もともとは内地のひとですから、戻りたかったんじゃないでしょうかね』

それが遠藤の悲運に繫《つな》がってしまう。しかし人生とはそういうものなのかもしれない。だれも自分の選択のその先になにが待っているのかなんてわからない。

『でもね、遠藤くんぽいよね』

副署長の声に顔を上げた。

『最後まで市民を守ろうとしたんでしょ？　彼らしさを貫いたのかなってね、思うけどね』

田島は遠藤が撃たれた場所を、自然に探していた。いまいるベンチからは見えなかった。

「どうもありがとうございました」

礼を言って通話を終わらせようとしたとき、ふと言葉が口をついて出た。

「あの、ちなみに遠藤警部はだれかに恨まれるようなことはあったのでしょうか」

田島の隣で両手の指を軽く曲げ、それぞれの爪を確認していた恵美が顔を上げた。

『どういう……ことですか』

思い出に浸っていたであろう副署長の声も、尖《とが》ったものに変わった。

『これはなんの捜査なんですか。もちろん、銃乱射事件なのだろうけど、それが遠藤にどんな関係があるというんだ』

回答によっては、ただではおかない。そんな怒気が含まれていた。

「誤解させてしまったのなら申し訳ありません。いまはあの事件について広い視野で検証をしております。もちろん、遠藤警部が善良な警察官であることはわかります。ただ、しっかりとその証言を取っておきたいというだけなんです」

携帯電話からは鼻息が受話器に当たる音だけが響いていたが、田島は言葉を挟むことをせずに待った。

『ここは田舎町《いなか》だ。もしひとから恨まれるようなことがあるならすぐに伝わってくるものだが、そんな噂《うわさ》、聞いたことがない』

「ありがとうございます。そのお言葉を聞くことができて安心しました。お忙しいところ、ありがとうございました」

最後まで言い終える前に通話は切れていた。

「なに考えているんですか。嘘《うそ》までついて」

目を細めた恵美が聞いてくる。

「嘘？　それは聞き捨てならないですね」

「さっき遠藤警部のことを『善良な警察官であることはわかっている』って言ってたじゃないですか。でも田島さんは確たる証拠がないとそんなことを言わないはずです。会ったこともない人を評価することなんて、まずありえない」

よくみているな、と半ば感心する。

「それは方便です。コミュニケーションを円滑にするための」

「まあそれはどーでもいいんですけど、なんですかさっきの。遠藤警部は恨まれていたんですか？」

「言った通りです。あらゆる可能性を見定めているだけです」

ふうん、と疑いの色を保ったままの目で訊いてきた。

「で？　どんなひとですって？」

「お人好し、だそうです」

「だれにも恨まれないお人好しの警官が、休日にのんびりしてたら乱射事件に遭遇。逃げる途中に転倒した親娘を助けようとしたところ、素人が撃った流れ弾が当たって死亡した……」

恵美は人差し指を頬に当て、やや上を見ながら確認するように呟いた。

「そういうことです。いまの電話で確かになったのは、狂った人間のせいで、この世からいいひとがひとりいなくなったということだけです。ただ、彼が守った命はこれから未来をつくっていく」

恵美は立ち上がると、腰に両手をあてて大きく背中を反らせた。

「ふうん、ロマンチストな田島さんは、いったいなにを調べているんですか。榊原巡査でも遠藤警部でも、そして前沢でもない気がして仕方がありません」

田島も立ち上がる。

「いい質問ですね。実際、原田さんから命じられたのは『事件を見直せ』ということだけです。犯人を追う、というようなわかりやすい目的がないため、私自身、実感がつかめていません」

「狂った人間が起こした事件じゃないと？」

「こんな事件を起こすような者は狂っています。ですが、我々が考えている〝狂い〟ではないのかもしれない。そういうことです」

4

毎朝、田島は警視庁の門をくぐると、二階の売店に直行してスムージーを買うのが日課だ。今日は小松菜リンゴを選択した。その際、レジ横にある〝ご意見カード〟を一枚引き抜く。

「田島さん、またですか」

売店のおばちゃんがレジ処理をしながら呆れ声で言った。

ここでスムージーを扱うように働きかけたのは田島だ。ほぼ毎日、ここで買い物をするたびに〝お客様カード〟に記入し続けた。

当時は、こんな物誰が買うんだ、と言われたものだが、いまでは若手や女性職員を中心に愛飲者が増え、田島が買いにきた時は売り切れになっていることすらある。

「ほら、同じ味だと飽きちゃうでしょ。だからね、バリエーションを増やした方がいいと思うんですよ」

「ほんとに、なんていうか。田島さんってコツコツやるひとよね」

「同僚からは〝しつこい〟って言われています」

とにもかくにも、朝はスムージー。健全な思考は健康な身体からもたらされる。これは田島のルーティーンだ。

恵美はバカでかいサイズのカフェラテを持ってくるが、あれも彼女なりのルーティーンなのだろう。

売店横のベンチに座り、スムージーを流し込みながら、ご意見欄にメニューに加えて欲しいリストを書き始めた。なにしろ、組み合わせによってそのメニューは無限にある。

夏バテに良いとされるレモン＋ゴーヤスムージー。朝食を抜く刑事のために豆乳バナナ。リフレッシュには甘酒メロンキウイ。そうだ、アサイースムージーは外せない……。目的別にラインナップを揃《そろ》えたらどうか。身体にいいものだから、続けなければ意味がない。飽きさせないよう季節ごとに変えることも大切だろう。なんならその手助けをしてもいい。

その思いの丈を綴《つづ》っていると、ボールペンが紙を突き破った。膝《ひざ》の上で書いていたからだ。

田島的には、この破れた紙をそのまま人前にさらすわけにはいかなかった。〝田島という人間は破れた紙でも気にしない男だ〟と思われるのが嫌だからだ。

スムージーをひとくち飲み、いったん呼吸を整えた。すると事件の疑問点が思考を覆う。

こうやって事件のことが頭を離れない。もはや安息のときを望むことは許されないように思う。

これまでのところ、やはり最も気になるのは榊原の動きだ。どこに消えた？　その理由は？

　それと、前沢の動機だ。

　もちろん薬物により錯乱して犯行に至るケースは多々ある。しかし、銃の手配や狙撃場所が薬物中毒者の前に都合良く揃ったというのは偶然なのか。我々に理解できなくとも、前沢なりの動機があったのではないか……？

　思いを馳《は》せていると、男が隣に座った。乱暴な座り方で、ベンチが派手な音を立てた。

　パーソナルスペースを失った田島が、自席に行くかと立ち上がった時だった。

「まあ、待ちなよ」

　男が言って、田島はその顔を見た。

　黒いな、というのが第一印象だったが、健康的に焼けた肌というよりは、不摂生が祟《たた》ったようにも思えた。こけた頬と窪《くぼ》んだ眼底、歪んだ口角はいやらしく釣り上がっていたからか、粗暴と脆弱《ぜいじゃく》が入り混じって見えた。歳は五十前後だろう。

「なにか」

　すると男は世間話でもするような軽い口調で言った。

「あんた、榊原を追ってるんだって？」

田島は緊張した。

「あなたは？」

男は無表情で、まっすぐに田島の目を見返していた。それから、おそらく笑ったのだろうが、それはコミュニケーションにおいて重要とされる一般的な笑みではなく、不気味でむしろ警戒感を生むものだった。

「俺は設楽《したら》ってものだ」

見下すような、挑戦的な笑みを浮かべた。

「公安のな」

公安部は警察のなかでも特殊な存在である。その対象は国家の治安を揺るがすような連中。カルト集団や右翼、海外のテロリストなど。

常にそれらの動向を監視し、不穏な動きがあれば事前にその芽を摘む。

そのため、活動内容が外に漏れることは皆無で、刑事部とは情報共有もしていない。

乱射事件が過激派によるテロである可能性もあったため、捜査の初期段階で公安も動いていたのは知っていた。

しかし犯人の前沢は、もと過激派ではあったものの、犯行は短絡的でなんの政治的思想もなかった。その段階で公安は捜査から外れたはずだった。

しかも、犯人の前沢ではなくどうして榊原を気にするのか。

「確かに彼と話がしたいと思っていますが。設楽さんは彼の居場所に心当たりがあるのですか？」

設楽は風に舞い上がる落ち葉のように、ふわりと立ち上がった。

「俺も話がしたいと思っていてね。亀有署を訪ねたら、一足先にあんたが来てた。やっこさんの部屋にも入ったそうじゃないか」

それは事実なので頷いた。

「で、なにかわかったかい？」

「いえ。依然、彼の居場所はわかりません」

「部屋は？　なにか見つけたんじゃないのか？」

「いえ、これといってありませんでした。疑われるのであれば、ご自身で確認されたらよいのではないですか？」

設楽は好奇に満ちた目で田島を覗き込んだ。

「そう言うなよ。おなじ警視庁の仲間じゃねぇか」

「残念ながら、いまは共有すべき情報を持ち合わせておりません。ちなみに、我々には情報を頂けるのですか？　同じ警視庁の仲間として」

「もちろんだよ」

見え透いた嘘だとわかったが、設楽もそれを隠そうとしていないように思えた。

公安のやり方は知っているだろ、と。

ここで情報共有の口約束をしても、なんの意味も無い。

「それでは、失礼します」

背を向け、エレベーターに向かって大股で足を進めるが、呼び止められた。

「なあ、田島さんよ」

気味の悪い、ねちっこい声だった。

「ひとりでへんに嗅ぎ回ってると、痛い目に遭うこともあるからさ、気を付けたほうがいいよ」

ひとりで、に力が入っていた。

「脅迫ですか？」

「一般論だよ」

設楽の口角は上がっているが、いまは決して笑ってはいない。

「まあ、仲良くしようよ」

「職務上、必要であれば。そうなるかどうかはわかりませんが」

「そのうち必要になるさ。これ、渡しておく。なんかわかったらいつでも電話してくれ」

名刺を差し出してきた。それを受け取ろうとしたが、田島の手にはご意見カードとスムージーが握られていた。

「出しといてやるよ」

設楽はご意見カードをつまみあげると、田島の肩を二度ほど叩いて背を向けた。


自席に戻ると、忙しそうにタイピングをする木場に向かって、恵美が一方的にまくしたてていた。内容は他愛もないことで、決して木場の手を止めさせる価値があるようなことではない。

昨夜、電車内で遭遇した酔っ払いのサラリーマンについての愚痴を投げつけられる木場に、田島は助け船を出した。

「木場、八木は？」

いまだに就活生のような顔を上げた。

「捜査対策本部の会議です。そろそろ戻ってくると思いますけど——あ、ちょうど」

目をやると、ぞろぞろと入室してきた管理者たちの中に八木の姿を認めた。八木は椅子に座るなりメモ帳を開いた。

「みんな揃ってるな、ちょうどいい。水元公園無差別乱射事件についてだが、公式見解の草案が出た」

乱射事件の犯人、前沢祐一はかつて公安部がマークしていた時期があったほど、過激な思想を持つ人物だった。使用されたライフル銃は二ヵ月前に秋田《あきた》で盗まれた猟銃で、レミントン社製M700。世界中の軍隊や警察でも使用実績のある高性能なものではあったが、調査したところ前沢は銃の取扱いには不慣れであった。それが合計二十一発を発射したのにもかかわらず、犠牲者が一人しか出なかった要因と考えられる。

前沢から政治的な声明が出されていないこと、また麻薬を常用していた形跡があったことから、犯行に計画性はなく後先を考えない突発的なものであると結論づけられていた。

「良くまとまっているな」

田島はぽつりと言った。

「なんだ、棘《とげ》があるな」

「率直な感想だ。他意はない」

八木は呆れ顔になったが、それ以上のことは言わずに、次にラップトップコンピューターを開いた。

「それと、事件に巻き込まれたひとの中に、スマートフォンでビデオ撮影していた家族がいて、その動画を提供してくれた。これだ」

八木はコンピューターを回転させ、再生ボタンを押した。ディスプレイには補助輪がとれたばかりなのか、ふらつきながらも懸命に自転車を漕ぐ男児が映し出された。息子の成長を喜ぶ両親の声に背中を押されるように、自転車はぐんぐんスピードを上げた。

その時、銃声が響いた。

怒号が飛び交い、突如、画面が激しく揺れた。録画状態のまま子供を抱えて走っているのだろう、泣き声と激しい息遣い、そして銃声が重なる。やがて画面がぐるぐると回転し、止まった。スマートフォンを落としたようだ。いまは空を映している。叫び声は遠ざかっていき、街路樹の枝葉が、のどかに風に揺れているだけだった。

しかしその恐ろしい銃声はまだ続いていて、その対比が、やけに不気味に思えた。

そして重なるように銃声が二発、短い間隔で響いて、ようやく静寂が訪れた。

その場にいた者は、みな一様に重苦しいため息を吐いた。

その沈黙を木場が控えめに破った。

「あの、公式見解が出たということは、先日の原田参事官の特命も終了ということになるのでしょうか」

「キバちゃん、それいい質問。で、どうなの？」

恵美が田島を覗きこんできた。

「特に中止とは言われていないが、きりのいいところでいったん報告をまとめて、再度指示を仰ぐことにしよう」

野太い声が聞こえたのはその時だった。

「よう、田島。ちょっと顔かせや」

捜査二課の秋山だった。

「あれからいろいろわかったぜ」

「ありがとうございます。彼らも協働していますので、一緒に聞いてもらってもいいでしょうか」

田島は八木らを振り返り、説明した。

「秋山警部補には、榊原巡査について調べてもらっていた。特に金回りについて」

秋山は後ろから椅子をひとつ引っ張ってきて、田島と八木の間に座った。それから咳払《せきばら》いをして、無精髭《ぶしょうひげ》をじょりじょりと撫でた。

「まず榊原の妹の件だ。多額の手術費用をどう工面したのか。これについては榊原本人に金が渡った形跡はない。どうやら、妹にはスポンサーがいるようだ」

「スポンサー？　妹さんはなにか芸能活動をされていたんですか」

「いや、そういう難病にかかったひとを助けるプロジェクトがあって、費用はクラウドファンディングにより捻出されたようだ」

木場が感心したようなため息をついた。

「現代の〝足長おじさん〟って感じですか」

「ところがにいちゃん、これがちょっと臭い」

おそらく、人生ではじめて〝にいちゃん〟と呼ばれたのか、木場は戸惑いの笑みを浮かべた。

「臭いって、なにがですか」

田島が割って入った。秋山の注意を惹くことで、その毒牙《どくが》から後輩を守りたいという本能かもしれない。

「いくらクラウドファンディングだからといっても、慈善活動にそんなに金が集まるもんじゃない。どこかの匿名の金持ちが税金対策がてらスポンサーについているっていう触れ込みだけどな。いずれにしろ、一週間ほど前に医療チームが派遣されてきて、彼女はアメリカのテキサス州に飛んだよ。いまはドナーを待っているところらしい」

「では、榊原巡査個人が費用を工面したというわけではないんですね」

「ま、そういうことになるな」

これはどうとらえるべきか。

考えていると、それで、と恵美が言った。

「うん？　なんだい」

秋山の声色が柔らかくなり、恵美は頰をひきつらせた。

「さっき、まず、って言ったでしょ。だからもうひとつあるんじゃないかと」

「するどいねえ。頭のいい女はいいよな」

田島に振ってきたが、どう答えるのが正解なのかわからない。

「これは榊原とは関係ないんだが、実は妙な噂を拾っちまってな」

秋山が声を落とすと、自然と皆の顔が円陣を組むように近づいた。

「次世代監視システムってあるだろ。その選定について、ある警察幹部がメーカーである東基研と癒着しているっていうんだ」

このあたりは捜査二課の本分だ。

「東基研って、その選定を争っている二社の片翼だよな」

「はい」

「そこが大失態を犯したわけだ。乱射事件のあった水元公園周辺のテストを担当していたんだからな」

それは想像するに難くない。性能が拮抗している場合、加点よりも減点の大きさでものごとが判断されることは多々ある。

「かたやもう一社、ソナーエスカレーションズって会社は、警報こそ出せなかったものの、先んじて前沢の姿を捉え、『悪意を持つ者』として認識していたっていうじゃないか」

「そう聞いています」

「となると、どっちを採用するかって言ったら、こっちだよなあ？」

あえて同意を得るまで、秋山は皆の顔を見渡した。

「だが、そうはなっていない。なぜか」

恵美が両手を頭の後ろで組み、背もたれに身体を預けた。そして唇をやや尖らせて言う。

「とある警察幹部が東基研と癒着しているから？」

「正解！　その幹部は、会議などでソナー社にケチを付け、採用に〝待った〟をかけているらしい」

ソナー社に先行を許した東基研が、是が非でも採用を勝ち取ろうと警察内部に協力者をつくっているということか。採用されれば今後数年にわたって大金が流れ込むことを考えれば、そのなりふり構わない行動に出ていることは想像に難くなかった。

「それで、その幹部って誰ですか」

田島が聞くと、秋山は途端にぶっきらぼうになる。

「それはサービス対象外だ。セルフで調べてくれ」

そしておもむろに立ち上がり、意味深なことを言った。

「ま、この報告を上に上げるのは、しばらく待った方がいいかもな。単なる噂だから。チャオ」

恵美に手を振り、秋山はゆったりとした動作で立ち去った。

「なにあれ、キモいんですけど」

その抗議とも陳情ともとれる声に曖昧《あいまい》に反応したものの、田島の脳内では様々な情報が駆け巡っていた。そのどれもが噛み合わない断片的なものではあったが、そこはかとなく嫌な気持ちにさせられていた。

——榊原の失踪《しっそう》は、この事件の氷山の一角に過ぎないのではないのか。


その日の午後、田島は八木から転送してもらった乱射事件のビデオを見返していた。もう何度目の再生なのかもわからない。

ペンの位置がズレているときのような気持ち悪さと言えばいいのか。収まるべきところに収まっていないなにかがあることを、無意識の領域で感じ取っている——。

しかしそれがなんなのかがわからなかった。

わからないために、なにか恐ろしいことを見逃してしまっているのではないかと、得体の知れない不安が重くのしかかっていたのだ。

——この違和感は、なんだ。

ヘッドフォンをしていたこともあり、恵美から肩を叩《たた》かれた時は、驚きで腰を浮かせてしまった。

「なにびっくりしてんですか」

「いえ、ちょっと集中していたので。えっと、そちらは」

恵美の隣に男が立っていた。一年中、五月の風を纏《まと》っているような爽やかさで、警察官募集のポスターに出ていてもおかしくはないほどだ。

「あなたは確か、サイバー犯罪対策課の？　以前、捜査本部で一緒になったことがありましたよね」

「はい、稲原と言います」

丁寧に頭を下げた。

「〝いなっち〟はね、次世代監視システムの評価委員のひとりなの」

聞けば、稲原忠史《ただし》はまだ若いが優秀な技官で、次世代監視システムの評価試験の委員のひとりに選抜されていた。田島よりも歳下で入庁も後だが、警視庁特別捜査官四級職として民間採用されたため、階級は田島より上位の警部だ。

彼らが拠点とするサイバー犯罪対策課は新橋《しんばし》に拠点が置かれているので、本来は恵美との関わりはないはずだが、おそらくどこにでも首を突っ込み、蜘蛛《くも》の巣のように張り巡らされた彼女のコネクションに絡まってしまったのだろう。

「田島さん、さっきセクハラオヤジから癒着の話を聞いた時、鼻がヒクヒクしてたから、現場の話を聞けたらいいんじゃないかって思って」

ありがたいことではあるが、半ば拉致《らち》にちかい状態で連れてこられたのだろうと思うと、申し訳なくなる。

「稲原さん、実際はどうでしょうか。現場でそんな空気を感じることはありますか」

考えを整理するように、稲原はしばらく俯いた。

「毛利さんから癒着の話を聞いた時は、正直驚きました。そんなことあるわけないだろうって。ただ現実的に考えると、ソナー社一択の状況になっている割には、決断まで時間がかかっているかなって気はします」

「採用については、誰が権限をもっているんですか」

稲原は苦笑しながら天を指差した。

「それは、もっと上のレベルですよ。単なる多数決ではなく、いろんなひとが決定に関わっているはずですが、実際の決定プロセスがどうなっているのかはわかりません。私はただの技術評価委員なので」

申し訳なさそうに頭を下げた。

「ちなみに、稲原さんは、この技術についてどう思われますか」

「そうですね。成熟にはまだ時間はかかると思います。経験に裏打ちされた現場の警察官の観察眼というのは、そう簡単にプログラムできるものではありませんので、ＡＩには時間をかけて学んでもらう必要があります」

「そのＡＩは、人間と――警察官と同じ学習プロセスを踏むということですか？」

「基本的にはその通りです。〝機械学習〟とも呼ばれますが、これは人間が持つ学習過程を模倣し、コンピューター自らに学んでもらうための技術です。試行錯誤を経験しながら成長していく様は、まさに人間と同じです」

「経験豊かなベテランが、あっという間に育成されるわけですか」

「あっという間、というのは語弊がありますが、まあ、そうですね。たとえば現場の警察官には失敗は許されませんので、なにを行うにも慎重になる必要がありますが、コンピューターの中であればいくらでも許されます。それこそ二十四時間ぶっ通しで成功と失敗を繰り返すのです」

「なるほど。それで、現在比較している二社のAIですが、人間がそうであるように、同じ学習をしても出来がいいのと悪いのが現れることもありますか？　得手不得手というか」

「はい、あり得ます。結局のところ、それを扱う人間が、どのように教えるかによります」

恵美が鬼の首をとったような顔になった。

「指導役によるってことですね、現実と同じで。もし偏屈でコミュニケーション下手なひとが指導役だったら、成長するものもしないですもん」

稲原は、田島が恵美の指導役であることを知らないのか、白く整った歯並びを見せながら頷いた。

「人間であれば〝反面教師〟という接し方もあるのでしょうが、AIは素直ですからね」

稲原が退出したあと、鼻歌交じりに席についた恵美に、田島は聞いた。目は合わせない。あくまでも書類整理のついでに聞いていると言う体《てい》だった。

「さっき、偏屈な指導役がどうのこうの言っていましたが、あれは私のことですか？」

　恵美がきょとんとする。

「いえ。単なる例ですけど」

　そして、あれえ、と続けた。

「なにかお心当たりでも？」

　わざとらしい。不満があるなら別の人物に指導してもらえばいいのだ。

　そこでふと、秋山の存在を思い出した。きっと手厚く指導してくれるだろう。どちらもがさつだからお似合いだ。

「え、田島さん、気持ち悪っ」

　田島は弛《ゆる》んでいた口元《くちもと》を咳払いでごまかすと、頬を引き締め、ふたたびコンピューターに向かった。

　八木からは、公園内を映した監視カメラの映像も受け取っていた。そこには、平凡な日常が一変する事様《ことざま》が余すことなく記録されていた。

　ベンチに座る遠藤の姿もあった。距離があるためにその表情までは窺えないが、のんびりと水辺に目をやっているように見える。

　映像によると、公園に来た時間はわからないが、少なくともベンチに座ったのが午前十一時頃。最初の発砲があったのが十一時十三分だ。

ベンチにすでに誰かが座っていたら。もっと早くベンチを離れていれば。もっと遅くに公園を訪れていれば……。

〝たられば〟を言いはじめればキリがないが、わずかな時間、不幸な偶然の積み重ねのうえに、この悲劇が成り立っていると思うと、やはりやるせなくもなる。

映像に目をやっていると、また違和感を抱いた。

それははっきりとした感覚ではなく、ふわりと頬を撫でるそよ風のようなものだ。

しかしその風は、遠く離れた台風が起こした強烈な風に押し出された空気なのかもしれない。だとすれば、それを辿ればその御大《おんたい》が姿をあらわす――。そんな不安に囚《とら》われた。

田島はその正体を確かめようと、違和感を主張するムズ痒い鼻先を指で掻いてから、もう一度ビデオを再生させた。

なんだ、なにが気になるんだ。

ベンチに座る遠藤。ここから十三分後に放たれた一発目が隣の西瓜を破裂させることになるが、そんなことは知る由もなく遠くに目をやっている。

時折、周囲を振り返っているのは、子供たちの歓声に惹かれたのだろうか。彼が警察官として守りたかった日常が、そこにはあったのだ。

そして着弾。

西瓜、かき氷のシロップが相次いで破裂した。そこを中心にひとびとは左右に散った。

遠藤はカメラから遠ざかる方向に走り去り、死角に入って見えなくなった。この数秒後、うずくまった母娘を助けようとして――撃たれる。

田島は、はっと顔を上げた。目の前で揺れる恵美の短い前髪に向かって言う。

「ちょっと、出かけてきます」

「はい、どうぞ」

一緒に行くとは言われなかったが、それでよかった。ひとりで考えたい気分だった。

田島が訪れたのは、狙撃現場となった廃ビルだ。すでに警備の警官は配置していないということだったので、亀有署で鍵を受け取ってから向かった。

四階に足を踏み入れる。捜査を始めてからずっと、腹の底で感じていたこの違和感はなんなのか。

はじめは原田から特命をおびているために、〝裏があるに違いない〟というバイアスがかかっているだけではないかとも思った。

しかし田島がいま感じているのは表面化していることではなく、水面下に隠れているものだ。

完璧に構成された世界のわずかな綻《ほころ》びが表面化したもの。それが榊原の不審な動きなのだとしたら……。

田島は肩掛けバッグから現場検証時の写真を取り出し、現実と重ね合わせるように見比べた。

この写真に前沢の遺体はない。倒れていた場所がチョークで示され、その周辺にちらばる薬莢《やっきょう》の数は二十一。未使用のものがまだ三十発ほど残っていたというから、榊原が突入していなければさらに被害が拡大していたかもしれない。

別の資料——前沢の検死報告書のコピーを取り出した。

ひと通り眺めると、今度はビニール製の小袋を取り出して、部屋の隅に溜まっていた埃をピンセットでつまんだ。

陽は傾いており、窓の外の水元公園は赤く染まり始めている。暗さを増した室内に、非常階段へ通じるドアの小さな窓から差し込んだ夕日が縞模《しまも》様《よう》を床に描いていた。

田島は窓を閉め、立ち去ろうと背を向けたものの、ふと足を止めた。もう一度窓を開け、やや体を乗り出して周囲を眺めた。それから気になっていたテーブルに目をやった。

田島の脳内では様々な要素が回転し、ぶつかり合っている。それはなにかの絵を描きそうになり、また別の要素でバラバラになり、また違う絵を構成する。まとまらず、田島は部屋の中を歩き回った。

それは完成図を知らないジグソーパズルのようだった。必要なピースだということはわかるのに、どう繋がるのかがわからない。

焦るな、と自分に言い聞かせる。落ち着かないのは、情報のつなぎかた次第で別の風景が見えてくるような気がするからだ。

たった一個のパズルのピースが抜けただけで、本当の姿からはかけ離れたものを見てしまうのではないか。

――いや、見させられている？

一瞬、霧の晴れ間からなにかが見えた気がして、田島は足を止めた。

――まさか、ありえるだろうか。

漠然と湧いた、その突拍子もない考えを自ら否定してみるが、ひとつの道筋が示されて消えない。

危険な道だ。しかし、知りたいという欲求には逆らえない。

田島は携帯電話で恵美を呼び出した。

「明日の朝、水元公園に来てください」

『また現場検証ですか』

「刑事というのは——」

『迷ったら現場百回ですよね。耳にオクトパスです。あと九十七回かな。で、なにやるんです』

「狙撃のプロフェッショナルによる再検証です」

5

「ここですか、狙撃ポイントというのは」

北向きの窓から差し込む光を遮るように大柄の男が聞き、田島はそうです、と床を示した。

「でも、どうして私に？」

男は松井健《まついたけし》。元陸上自衛隊の警務官だった人物で、以前に発生したある事件において共同で捜査を行った。いまは退官しフリーランスで要人警護の仕事をしている。当初はお互いを毛嫌いしていたが、いまではそれぞれがもつ能力を純粋に尊敬し合っていた。

「専門家のご意見を聞きたいんですよ」

松井は身長百八十センチの巨体を揺すり、好奇に満ちた目を向けてきた。

「警視庁にも専門家はいると思いますが、それに納得がいかないんですか？」

「そんなことはありません。ただ、いろんな角度から物事を見てみたいんです」

田島は原田のセリフを引用した。

松井はそれ以上聞かずに、ゆっくりと、大股で窓に歩み寄り、目を細めた。外と中であまりに明暗の差があったからだ。水元公園からは、やや強めの風が吹き込んできた。

「ちょうど、この時間ですか」

「そうです。正確に言うと、一発目が発射されたのは今から十分後です。当日の天気は今日と同じような快晴でしたが、湿度は今日よりもやや高かったようです」

「風向きは」

「今とは違って、無風から北寄り五メートル程度。ただ、時折十五メートルほどの風が瞬間的に吹いていたようです」

それは、ビデオに映っていた木の枝の揺れ方からわかったものだった。風は常に一定ではなく、絶えず変化しているような様子だった。

「十五メートルか……」

松井は呟きながら窓枠に膝を突くと、指を揃えた左手を真っ直ぐに伸ばし、右手は脇をしめて頬に当てた。その動作が精密機械のように無駄がなかったので、まるで松井の腕がライフルになったかのような錯覚を受けた。

「では田島さん、お願いします」

鋭い目で外を見たまま言った。田島は携帯電話を取り出す。

「毛利さん、聞こえてい――」

『まじで、熱っついんすけど』

四百メートルほど離れた公園の一角で、ジャケットを脱いだ恵美がこちらを向いているのが見えた。肉眼ではその表情までは窺い知れなかったが、持参した双眼鏡で確認するまでもなく睨《にら》んでいるような気がした。

「まずはベンチに座ってもらえますか」

田島は恵美の苦言には触れることなく言った。文句を言っても無駄だと恵美もわかっているのだろう、そのままくるりと背を向けて腰を下ろした。

『あー、ベンチも熱ちぃよ』

聞こえなかったふりをする。

「殉職された警察官の方は、あそこにいらっしゃったんですね？」

松井が聞いた。

「はい、最初の着弾はベンチの左側。当日はカットフルーツ販売の屋台とかき氷屋が出ていました。それらに一発ずつ」

「なるほど」

松井はしばらくライフルの構えをしていたが、二度三度左右に大きく振ると、今度はバッグの中から長さ四十センチほどの円柱のケースを引っ張り出した。卒業証書を入れる筒を連想したが、なにが入っているのかはすぐに分かった。ライフルに取り付けるスコープだ。

松井はそれを覗き込みながら、左右を見渡した。

「すいません、お願いします」

田島は頷いて、恵美に伝える。

「それでは、遠藤警部が倒れていたところにお願いします」

『はいはい』

これだけ離れていても、気怠《けだる》さが伝わってくるから不思議だ。

恵美はのそりのそりと歩き出し、やがて立ち止まると、こちらに向かって両手を広げた。まるで、さあ撃てと言っているようにも思えた。

その姿に松井はかすかに笑ったが、スコープから目を離し、考え込むようなそぶりを見せた。

「どうでしょう?」

「そうですね……。すでに現場検証されているので、いまさら私が言うのも……」

「いえ、気になったことがありましたらなんでも言って下さい。そのためにお呼びしたんです」

「そうですか。では率直に言わせてもらいますが、なんといいますか、スッキリしないですね」

自分と同じであることに内心喜んだが、それを見せないように意識しながら先を促した。

「まず、殉職された遠藤警部の位置ですが、ちょうど、木々の切れ目なんです」

水元公園にはメタセコイアをはじめ、公園を取り囲む土手に沿って植えられた桜など多くの樹木があって緑は深い。

ここから見ると、確かに公園は一望できるが、木々の葉に阻まれて地面まで確認ができる箇所は限られている。恵美はまるでスポットライトを浴びているように、幾重にもなった樹葉にぽっかりと穴があいたように見える木々の隙間に立っていた。

「これは難しいのです」

「え、見えているのに？」

「だからこそです」

「というと？」

「ここからだと、遠藤警部は突然現れたように見えたはずです。駆け足なら姿が確認できるのは一秒もないでしょう。それを撃ち抜くなんてかなりの反射神経です。さらに、この距離だと発射から着弾までわずかに時間差がある。仮に０・５秒ほどだとしても動いているターゲットを狙うなら先読みしなければならない。まさに針の穴を通すほどの精密さが必要です」

田島は両手で押し留めるようなジェスチャーをして見せた。

「まあ、実際は、そこに母娘が倒れていまして、それを助けようと立ち止まってしまったから……。それに犯人の前沢は銃に関しては素人ですので、命中したのは偶然だと考えています。現に、被害者は他に出ませんでしたので」

松井は、偶然ねえ、とつぶやいた。それから田島に自分の足元を指さしてみせた。ここに立てということのようだ。

「どうです、こうやって見ると、遠藤さんの走った右方向を狙うのは不自然に思えませんか？」

確かにそうだった。窓に正対すると、視界の正面は最初の着弾地点よりも左側で、ここから右、つまり遠藤がいた北東方向を狙おうとすると窓枠に圧迫される印象がある。

「もし、ターゲットを特定せずに乱射するなら、撃ちやすい左方向が中心になると思うんです。実際、立木も少なく、逃げ回るひとがはっきりと目視できたでしょう」

松井の言う通り、左方向は菖蒲《しょうぶ》が広がっており、背の高い樹木はない。

田島が言うべき言葉を探していると、松井が苦笑した。

「もちろん、麻薬を常習していたら、我々が考える〝普通〟なんて意味がないことかもしれませんけどね」

それにしても、と松井は体を起こした。腰の後ろに手を回し、背中を反らせて見せてから意味ありげな視線をよこした。

「田島さんもひとが悪いな」

唐突な言葉に田島は驚きが先行したが、すぐに吹き出しそうになった。松井の洞察力が確かであることに安堵したといったほうがよいかもしれない。

ひとが悪いと言われることに心当たりはあるが、それでもとぼけてみる。

「え？　なんですか」

「田島さんは気付いているんでしょう？　そしてある考えに至っているのに、あえて私を呼び、すっとぼけて検証させている」

田島は後ろ頭を撫で、伊達メガネをとる。

田島にとって、このメガネは犯罪者と向き合うときに負の感情に飲み込まれず、ゆるぎない自分を守るための一種の精神的なフィルターだった。時に、恵美のような真逆の人間からも。

　しかし松井に対しては必要ない。

　しっかりと目を合わせた。

「自信はありました。ただ、事件を根底から覆すことになりますので、念には念を入れたいと思いまして」

　苦笑する松井に、田島は一歩踏み出した。

「それで、やはり違うと思われますか」

　現場検証の報告と、という意味だ。

「その可能性があります。『答え合わせ』をする前に、まずは確かめたいことがあります」

「はい、なにが必要ですか」

「犯人の検死報告です」

　田島は持参した検死報告書のコピーを取り出した。

「犯人の、肩、胸、または頬に痣《あざ》が残っていますか」

　田島は報告書に目を落としてから、それを松井に手渡す。

「見る限り、痣はなさそうです。それがどう関係するんですか？」

松井は、田島を窓際に誘った。

「もし私が不特定多数を狙った狙撃犯だとします」

田島は頷く。

「私ならここに立ちます」

そこは、窓の正面だった。

「左右に対して同じ視野が確保できるからです」

松井は視線を窓の外に投げた。

「初弾と次弾はあのあたりですよね」

つまり、視界の中央にあたる。

「そうですね」

「奥はすぐ池があるので、人は左右に散るはずです」

監視カメラ映像でも、そのような動きだった。

「右構えの場合、右目でスコープを覗きますから、どちらかといえば向かって左に逃げるひとたちに目が行くものなのですが——」

田島はまた頷いた。

「ですが、右方向へ撃ち込まれた数少ない銃弾の一発が被害者に命中したんですよね」

確認を求めるような目を向けられたが、田島は頷くことができなかった。自分の考えていた悪いシナリオに近づきつつあるのが感じられたからだ。

「ここから見ると、難易度はかなり高い。日頃から様々な状況に備えている者ならともかくですが、ヤク中の素人だった。まあ、だからこそ、偶然の力が働いて——二十発でしたか？」

「薬莢の数でいうと二十一発です」

「五パーセント弱か。素人にしては悪くないですよね」

微かに浮かべてみせていた笑みを、松井はここで引っ込めた。

「左方向を狙う場合、身体は自然と絞られますが、右方向へは脇が甘くなる」

左右に身体を振って実演してみせた。

「正確な射撃を行うためには、銃の構え方は非常に重要です。脇をしっかりと締めて固定しないと、反動でどこへ飛んでいくかわからない。しかし、もししっかりと構えたまま被害者が撃たれた場所へ撃ち込もうとすると、立ち位置をこちらに移動しなければならない」

松井は窓際の左側ギリギリに立ってみせた。

「犯人もそうしたのではないのですか？　そもそも、そういった技術ではなく、報告書では『偶然』当たったのだと書かれておりますので」

田島があえて反論するように言うと、松井は床を指さした。

「ここに、薬莢は落ちていましたか？」

田島は首を横に振った。

「いえ、事件直後に取られた写真では、このあたりです」

壁に近い、窓枠の右側を示した。松井が示したところから一メートルほど離れている。

「被害者をここから狙うと——」

窓際に対して四十五度の角度になる。

「レミントンM７００ライフルの薬莢は、真横からやや右後方に排出されるので、壁と平行ではなく、すこし離れた場所に落ちるはずなのです」

「素人なので、次弾を装塡《そうてん》するときは、いちいち正面を向いていたとか」

「なくはないでしょうね。素人なので、なにが起こるかわからない。麻薬によって運動神経が覚醒したのかもしれない」

松井はこめかみを人差し指で搔《か》いた。田島が答えるのを待っているようだった。

「そこで、痣、ですか」

「その通りです。ライフル銃を扱い慣れていない素人だというのなら、やたらめったら撃ちまくったときに銃の反動で痣が残ります。なにしろ、その衝撃は一発撃つごとに、ボクサーのパンチを受けているようなものですから」

「素人であればあるほど、痣は残りやすいはずだと」

「その通りです。しかし、なかったんですよね？」

「そうですね」

「であれば考えられることはふたつです。まず、犯人は高い射撃技術を持った者だった」

その可能性はあるか？　報告では前沢は過激思想を持つ人物ではあったが、銃を使った犯罪者であるとか、身の回りに銃を所持するものはいないということだった。

「犯人が高い射撃技術を得られるまで訓練したというような記録はありません」

「それなら、残るのはもうひとつの可能性」

「それは？」

「田島さんが考えていることですよ」

次はお前の番だと目で示した。

「間違っていたら指摘してください。素人なので」

そう断ってから、いったん部屋の中央に移動した。

「実はこの部屋に来たときから違和感があったんです」

「というと？」

「中途半端なんです。部屋の片付けが」

「これはまた、意外な着眼点ですね」

松井は笑ってはいたが、その目は真剣そのものだった。

「まず、あれです」

部屋の隅に積まれているテーブルを示した。

「ひとつだけ、積まれないでいます」

あまりに突拍子がなかったのか、松井は相槌《あいづち》を打つことすらできていなかった。

「どうしてもそれが気になったんです。他がきちんと積み重ねられているのに、どうしてだろうって。ここのビルを片付けたひとは、廃業するときにきちんとしたと思うんです。それは積まれているテーブルを見るとわかります。角がきっちりとあっているので。きっと真面目な方だったのでしょう」

ている。

「それで……どうしたんです？」

ここで田島はしゃがみ込んだ。

「あそこに跡があるのがわかりますか。丸い跡」

光のあたりかたによって見える場所が限られるため、松井もそのポジションを見つけようと頭をふった。

「ああ、あれですか。窓際にありますね」

「床がクッション性の素材のため、跡がつくんです。あの丸い跡は全部で四つあって、テーブルの脚の間隔と同じでした。ですが、いろいろ試しましたが、テーブルをただ置いても跡はつきません。重いものを載せないと」

そこで田島の言いたいことが伝わったようだ。

「なるほど。我々は、アプローチは違えど、やはり同じことを考えていたようですね」

田島はうなずいて窓際までいくと、丸い跡に合うようにテーブルを移動させた。するとと窓に対して四十五度の角度で置かれていたことがわかる。

「重いものというのは、つまり人間ってことですか」

「その通りです。犯人はテーブルを置き、この上で伏せた状態で狙撃をしていた。

跡がついたのはその時の重みのせいだと考えられないでしょうか。普通、このような角度や位置にテーブルを配置しないと思うのです」

置かれたテーブルの延長線上に目をやると、その先に恵美が立っているのが見えた。つまり遠藤が倒れた場所がある。

「この姿勢が、一番安定するんですよね？」

「その通りです。しかし、そうすると辻褄《つじつま》が合わないことが出てきますね」

いよいよ最悪のシナリオに近づき、田島は嫌な気持ちになる。どこかでそれは違うと指摘して欲しいと願った。

「このテーブルが射撃のためにここに配置されたのであれば、はじめから右側に逃げる群衆を狙っていたことになります」

「端的に言えば、遠藤警部」

遠藤は乱射事件に巻き込まれたのではなく、はじめから狙われていたのだとしたら……。

「それと、犯人が射殺された場所が違います」

前沢が倒れていたのは入って手前の窓だが、テーブルが置かれた場所は奥の窓だ。

「これを見てもらえますか」

田島はスマートフォンを取り出し、動画再生ソフトを立ち上げた。

「これは、事件に巻き込まれた家族がビデオ撮影していたものです。途中でスマートフォンを落としているので画面には空しか映っていませんが、音を聞いてもらえますか」

田島はこれを見ていて、あることに気づいた。脳内で逃げ惑うひとの悲鳴を排除し、銃声だけを濾《こ》しとって聞く。

一発目から三発目は立て続けに発射されているが、四発目は比較的、間隔が開いている。その後はまた短い間隔に戻って連射され、最後は、榊原が放ったとされる二発の拳銃の音が重なり、静寂に戻る。

松井は軽く閉じていた目をふっと見開き、窓の外に目を置いた。

「すいません、もう一度いいですか」

がらんとした、廃ビルの四階に小さなスピーカーを震わせる銃声が反響した。

「遠藤警部が撃たれたのは、四発目ですか？」

「監視カメラの映像にも、その瞬間は映っていないので正確なことはわかりませんが、乱射がはじまってはじめの方だったとの証言があります」

松井は親指で自らの無骨な眉を何度か撫でた、そのときだった。背後にある入り口からひとが飛び込んできて、ふたりは条件反射的に格闘の構えをとった。

「ちょっと！　いつまで女子を炎天下に放置するんですか！」

恵美が汗に濡《ぬ》れた髪をかきあげる。肩で息をしているのは階段を駆け上ったからなのか、それとも怒りが込み上げているからなのか。

田島は松井に向き直る。

「これが、松井さんに来てもらった、そもそもの理由です」

恵美を手のひらで示した。

「なによ」

田島の手と恵美を見比べて、松井は合点したようだった。

「なるほどね」

「なるほどね、じゃないわよ！」

詰め寄ろうとした恵美を、田島は押し留めた。

「ちょっ、そのままで」

「はあ？」

田島はいったん外を向き、ライフルを構えた格好のまま恵美を振り返った。

「ビデオの音声によると、榊原巡査が撃った二発の銃声と前沢の最後の銃声はほぼ重なっていました。ですが、検死報告書によると、前沢はほぼ正面を撃たれています。振り返って、榊原と正対してから撃たれたのだとすると、それらの間隔はもう少し開いているはずなんです」

どこか不穏な気配を察したのか、恵美が目を細めて聞いてくる。

「なんの……はなし？」

「要は――」

松井を見て、彼が頷くのを見てから、恵美に向き直った。

「狙撃犯は別にいるっていうことです」

恵美にこれまでのやりとりを話した。その途中で言いたいこともあったようだったが、恵美はとりあえず最後まで聞くことにしたようで、なんとか耐えていた。

そして田島の話が終わると、決壊するダムのような勢いを持って言葉が飛び出してきた。

「バッカじゃないの!?」

これが開口一番に出た。

「じゃあ聞きますけどね」

一歩前に出て田島との距離を詰めた。松井は腕組みをして窓際に腰を下ろし、そんな様子をどこか楽しそうに窺っていた。

「はじめから遠藤警部を狙っていたということですけど、それならなぜベンチに座っているところを狙わなかったの？　わざわざ走らせたら失敗するかもしれないのに」

ここで松井が挙手をして発言を求めた。

「……はい、松井くん」

恵美に会釈をし、田島にさきほどのビデオをもう一度再生するように頼んだ。

「コールドボアショットです」

「なんすか、それ」

田島も初耳だった。

「銃はなんでもそうなのですが、銃身が冷えた状態だと弾道が安定しないんです。金属は熱によって膨張するので、それを加味して設計されているからです。つまり冷えた状態だと銃身と弾丸の間に僅かな隙間《すきま》があって、それがブレにつながるんです。特に、遠距離を狙うライフルではその影響は大きい」

松井はスコープを覗きながら続けた。

「遠藤さんがベンチに座っている時、ここからだと背後から狙うことになります。背もたれでからだの大半は隠れているので頭部を狙うしかない。直径十五センチほどの〝球体〟を四百メートル離れたところから狙うんです。座っているからといって簡単ではない」

田島は二度三度と頷いた。

「西瓜やかき氷屋を狙ったのは、銃身に熱を入れるため……？」

「ええ。それと、当日は風があったようですから、どれくらいの補正が必要なのかを確認したのでしょう。そしてターゲットを右に走らせるため。さきほど、木の陰から現れるターゲットを狙うのは難易度が高いと言いましたが、もしそれがわかり切っているのであれば、そして銃弾が安定して飛ぶ状況になっているのであれば、頭部を『狙って当てる』ことは可能になります。倒れた母娘の有無にかかわらずにね。三発目と四発目の間だけ間隔が開いていたのは『狙った』からのように思えます」

田島は松井の言葉を引き継いだ。

「それに、そもそも殺したいなら暗闇で背後からナイフで襲えばいい。それなのに、わざわざここを選んだ」

「なんで？」

「おそらく見せかけるためでしょう。遠藤警部を狙ったわけじゃないって」

「なんで？」

「それはまだわかりません」

恵美は上目でしばらく睨むと、次の質問に移った。

「射撃技術が高くないとできないということですが、前沢がひそかに銃の訓練を受けていたとは考えられない？　犯人が別にいると主張する理由は？」

「前沢本人がその理由です。銃弾を胸に二発浴びている」

「それが？」

「状況はともかく、ほぼ無抵抗な状態で撃たれたと思います。後ろ手に縛られていたのではないかと」

恵美が呆れたように、大きく目を見開いた。

「なんでそんなことが言えるの？」

「前沢が射殺されたのは右側の窓ですが、実際に射撃していたのは左側の窓です。

前沢は右側の窓の前に後ろ手に縛られていて、そこを榊原に撃たれる。その後、真犯人は薬莢などを右側に移し、偽装工作をして逃走」

　恵美の目が、観音様のように細くなる。

「なぜ無抵抗だったと？」

「榊原巡査の技術ではあんなに正確に命中しないこと。それと、前沢の遺体に残されていた汚れです。特に爪の間に埃がびっしり入り込んでいたのが気になったので――」

　田島はチョークでマーキングされているあたりを指差した。

「ここの埃を至急分析してもらいました。すると、爪の埃と一致しました」

　松井が首を左右に振った。

「スナイパーは指先の感覚を大切にします。爪の間に汚れが入り込むほど、素手で床をまさぐったりはしない。それと、さきほどのビデオですが、射撃の間隔が、やはり素人ではありません」

「なんすか」

　恵美は、もう勘弁してくれ、とばかりにため息をついた。

「この銃は銃弾を薬室内の一発を含めて計五発装塡できます。通常であれば、五発を発射するたびに〝息継ぎ〟があるものですが、音を聞くとそれがない」

「撃ちながら……装塡している？」

「はい。発射したあと、ボルトをひいて薬莢を排出させます。通常はこれを押し出して次弾を装塡、発射。これを繰り返します」

「そのままだと五発を発射したあとに装塡の時間がかかるわけですよね」

「ええ、五、六秒必要でしょう。ですがビデオではそこまでの間隔はなかった。つまり、全弾撃ちきる前に装塡していたということです」

松井は射撃の所作をしてみせた。

「このライフルはボルトを引いた状態であれば途中でも装塡できます。しかし単なる乱射ではやらないと思います。確実に仕留めたい標的に狙いを定めた時、残り一発という状況にしたくない。そのためのテクニックです」

確実に仕留めたい標的……それが遠藤だった？

「ちょ、ちょっとタンマ」

恵美がタイムアウトを宣言する審判のように、両手でTをつくってみせた。それから指をひとつずつ折りながら確認した。

「まず、乱射事件はフェイクで、はじめから狙いは遠藤警部だった。前沢は犯人に仕立てられただけで、本当は凄腕の狙撃手がいた」

そこで松井が唸った。手を首の後ろに回し、肝心なことを忘れていたとばかりに顔をしかめていた。

「ただ、狙撃した犯人がだれであれ、狙って撃つのはおそらく無理です」

「えっ、どういうことです。さっきは可能だと」

「ええ、そうなのですが、成功させるためには重要な要素が欠けているのです」

「いったい……なにが？」

「当日、風は頻繁に変化していたんですよね」

「そうですね」

「ならばスポッターの存在が不可欠です」

狙撃手はスコープの中の狭い世界しか見えていない。スポッターとは刻々と変化する風向きや射撃対象との距離を的確に助言する補佐役だという。

「長距離射撃というのは、スコープを覗いて、十字線の中心にターゲットを捉えて引き金を引けばいいわけではありません。状況によってあえてずらして撃つことが要求されます。スポッターがいなければ、それは叶《かな》いません」

恵美はもうひとつ指を折った。

「つまり、射撃手には補佐役がいた……」

恵美は田島を睨んだまま膨らませていた頰をしゅっと引っ込める。

「まさか、榊原巡査？　彼もグルなんですか？」

「事件後の不可解な行動、妹の手術に必要な多額の費用。説明がつかないことが多い。なにかしら関わっているとみていいでしょう」

恵美は出かかった言葉を飲み込んだ。息をしていないのかと思えるほどに顔が赤くなるが、鼻からは勢いよく息が吹き出していた。

反論の種を探すようにしばらくの間沈黙していたが、突然叫びだした。

「マジか！　ヤバイじゃん、それ！　どうすんの！」

恵美の取り乱しぶりを眺めながらも、田島はそれに答えることができない自分に戸惑ってもいた。

いったい、どうすればいいのか。

この仮説はただそう見えるように繫がっただけの、思いつきなのではないか。

そもそも、どうして遠藤はこんな面倒な方法で殺されなければならなかったのか。

原田に報告するにしても、どう捉えられるか。

そこに怒号が突き抜けた。

「おらあっ！　なにやってんだテメエら！」

公安部の設楽だった。

田島を睨みながら間合いを詰めたところで、松井の存在に気づいて動きを止めた。

「あんただれだ」

松井は窓枠から腰を上げると、両手を後ろで組んで、のんびりと腰を折った。

「どうも、松井と言います」

「名前なんてどうでも良い。何者《なにもん》なんだと聞いている」

「フリーの警護人です」

田島は設楽の視線上に身体を入れる。

「捜査協力をお願いしていましてね」

設楽は田島を押しのけて松井の眼前に詰め寄った。

「あんた、守秘義務は？　書類にサインしてんのか？」

田島は設楽の視線をふたたびひき戻す。

「松井さんは以前にも捜査に協力してもらっていますし、元陸上自衛官で狙撃に関する知識をお持ちなので――」

「書類にサインしたのかって聞いてんだ！　イエスかノーかだ」

「いえ、していません」

「してねぇやつに、捜査資料を見せたのか、ああ？」

設楽の視線を辿ると、テーブルの上に現場検証時の写真や前沢の検死報告書があった。

「捜査手続きを逸脱しているのはお前じゃねえのか、田島？」

「その点は弁解しません。報告されたいのであればどうぞ」

「当たり前だ。いますぐここから出て行け！」

ここは退却したほうがいいだろう。

田島は松井と恵美に目配せをして、その場を離れることにした。

ふたたび強い太陽光線が頭上から降り注ぐ。それにさからうように見上げてみると、窓から顔を出した設楽が、携帯電話を耳に当てたままこちらを睨んでいた。

「松井さん、どうもすいませんでした」

「いえいえ」

タクシーが通りかかり、松井はそれを止める。

「では私はここで。なにか協力できる事があったら連絡してください」

頭を下げる田島に、松井は言った。

「でも田島さん。気をつけてくださいね」

顔を上げると、ドアを押さえた松井が眉根を寄せていた。

「なんだか、虎の尻尾《しっぽ》を踏んづけた気分です」

それだけ言い残すと、タクシーは木漏れ日の中を走り去った。


本庁に戻ると、自席にたどり着く前に、木場が駆け寄ってきた。

「原田参事官がお呼びです。ちょっと、ご立腹な感じでした」

「そうか、ありがとう。毛利さんは待っていてください」

「なんでよ」

乱射事件の仮説がショックだったのか、先ほどからのタメ口が直っていない。

「二人で行っても、怒られるのが半分になるわけではないですから」

ただ、恵美がいることで倍にはなることはあるかもしれない。

原田の所在を確認しようと参事官室に内線をかけると、十分後に喫煙室まで来いという。

　言われた通りに田島が足を運ぶと、やはり歓迎の気持ちが微塵《みじん》も見られない顔で出迎えられた。また人払いしたのか、田島は他に誰も居ない喫煙室に入る。

「失礼します」

　原田は視線を合わせなかった。

「なあ田島」

　電子では物足りないのか、紙タバコが復活していた。薫《くゆ》らせた煙が無表情の原田の顔面を撫でながら上っていく。

「誤解のないようにはっきりと言っておく。警視庁の公式見解はまとまっている。もうこの件には関わるな。この瞬間をもって通常任務に戻れ。いいな」

「ひょっとして、公安から連絡がありましたか」

「ああ。お前が機密として扱うべき捜査情報を、守秘義務の誓約書を交わすことなく民間人に開示していたと」

「松井さんは以前の事件で共同捜査をして――」

「それくらい知っている。だが、あのときは警務官だったがいまは一般市民なんだろう？」

田島はそれには答えず、原田に訊いた。

「なにかあったんですか」

「ああ?」

ようやく、原田は真っ赤に充血した目で田島を捉えた。

「参事官らしくないような気がします」

原田はそれには答えない。

「俺は捜査のためならルールを逸脱してもいいと言ったことがあったか?」

「いえ」

「法令違反もやむなし、と言ったか」

「いえ、それもないかと」

「それならどうするべきかわかるよな?」

田島はうなずくしかなかった。直立不動の姿勢を取る。

「この瞬間をもって通常任務に戻ります」

原田は、行け、と顎をしゃくった。

「あの、最後に報告をさせてください」

原田は吸い殻入れにタバコを押し付ける。その横顔に向かって言った。

「まだ全貌はつかめていませんが、狙撃犯は別にいる可能性があります。榊原巡査が撃った前沢はその身代わりで――」

「もう十分だ！」

意外だった。乱射事件には裏がある可能性を指摘したのだ。原田も少なからず興味を示すと思った。そもそも原田が調べろと言ってきたことだからだ。

「確証はないんだろ？　そんな妄想でこれ以上ひっかきまわすんじゃない」

原田は聞こえるように「やれやれ」とため息を吐くと、表情を弛緩させた。田島もどこか張り詰めさせていた緊張の糸を緩めた。息苦しく感じていたのは、嫌悪する喫煙室の空気だけのせいではなかったようだ。

「いいか、こんなことで公安に貸しなんかつくってみろ、なにを言われるかわからん。あいつらは俺たちのチョンボを帳簿につけていて、いつか借金取りのように利子をつけて返せと言ってくる。タチの悪い連中だ」

事件捜査で公安の案件とかち合うと、どちらが捜査の主導権を握るのかで揉めることがある。結局は上同士の話になるが、そのときの駆け引きのカードに使われるということなのだろう。

「しかし」

「以上だ」

次のタバコに火を点《つ》けた原田の横顔はふたたび厳しいものに戻っていた。

案の定、恵美が捲《まく》し立てた。

「なーっとく、全然いかないんすけど」

八木班の四人が顔を向き合わせているのは新橋の居酒屋だった。

恵美の向かいに座る田島は、それでも捜査中止は当たり前だという姿勢を前面に出す。

「これは命令です。命令は絶対です」

「うるせー、ロボコップ」

う、うるせえ？　もうそんなに酔っているのか？

「そもそもさ、原っちから言ってきたことなのよ」

「だからなおさらです。参事官の胸三寸で始めたことですから、胸三寸で終わってもおかしくない」

だけどよ、と割って入ってきたのは八木だ。肘をつき、半分ほどなくなったビールジョッキを持ち上げていたが、それをすっとテーブルに戻した。

「なんか、様子おかしいよな。原田さんらしくないっていうか」

それは田島も同感だった。

「あのひとは、ほかとは違う嗅覚《きゅうかく》を持っていると言えばいいのかな。事件の裏まできっちりと調べさせる。お前がこれまでに原田さんから振られた事件には、実際、裏があったもんな」

「そうだな。今回も裏はあると思う。それなのに止められたのは、やはり、なにかおかしい」

再び恵美。

「おかしいって思っているのに止めるなんて、おかしいって言ってんの」

誰に対してというよりも、テーブルの中央に置いてあった塩キャベツに向かってその言葉を投げつけていた。

「おかしくは、ありません」

田島が言うと、恵美が喧嘩なら買うぞ、という目で睨んでくる。

「警察は組織です。もしひとりひとりが疑問を持って勝手に動き始めたらまとまるものもまとまりません」

そう言ってビールを飲み干し、おかわりを注文した。

ただ、心に引っかかることもある。

"Do the right thing."

かつて自衛隊内での事件を捜査した際、ある幹部が言っていた。

自衛隊とて命令は絶対だ。みなが連携しなければ国防を危険にさらし、自らも命を落とすことにもつながる。

しかし、たとえそうであっても、個々が考えることは大事なのだと、その幹部は言っていたのだ。

なにも考えずに盲従するのと、自分なりにどうあるべきかを考えて行動するのとでは、結果がおなじでも、大きな違いが心に生まれる。それが未来を築く礎になるのだと。

田島は命令に従うことに一切の迷いはない。

ただ、備えようとは思っていた。

いまはまだ地中深くで蠢《うごめ》いているなにかが飛び出してきたときに、即応出来るように。

6

木場が駆け込んできたのは、それから二日後の午後のことだった。

恵美が溜め込んだ書類整理を手伝う羽目になっていたところにやってきた木場は、普段は見せたことのない形相をしていた。

「どうした」

田島は暴れ馬を抑えるよう、あえて落ち着いた声で言った。

木場はつばを飲み込んでから思いがけないことを言った。

「榊原巡査が、ひき逃げにあって死亡しました」

今度は田島がつばを飲み込んだ。席の反対側で、恵美が無言で立ち上がるのが見えた。

「詳しくはまだ、わかりません」

「現場は？」

「広尾《ひろお》です。それで日赤《にっせき》医療センターに運ばれたのですが」

その言葉を木場が言い終わる前に、田島は外に出た。後ろには恵美もついてくる。

あれこれ矢継ぎ早に聞いてくるかと思ったが、ただ黙っていた。

日赤まではタクシーを使った。十五分ほどで到着し、ロビーに駆け込むと顔見知りがいるのをみつけた。

「おう、田島か」

手をあげたのは金崎《かねざき》という男で、所轄時代に世話になった四期先輩の刑事だ。痩《や》せた体軀《たいく》に似合わず低い声の持ち主だ。

「先輩、所轄は渋谷署が？」

部下だろうか、若い男に手で合図をすると、田島らをいざなって廊下を進んだ。

「ああ、現場は広尾の閑静な住宅街だ」

「そんなところで？」

「見方を変えると、細い路地だからな、逃げ場はない」

「では、故意だと？」

「おそらくな」

被疑者の車は、榊原の背後から猛スピードで迫ってきたようだ。左右に逃げる榊原を執拗に追ったのか、両側の壁には激しい傷が残されていたという。

「さらにいうと、いちど撥ねたあと、戻っている」

「後退して、もう一度？」

金崎はうなずいた。

「ひどいですね」

「まったくだ。それで身元を調べたら、警察官。しかも、先日の乱射事件の犯人を射殺した男だっていうじゃないか」

立ち止まった金崎が、ドアを示した。

霊安室だった。

そこで対面した榊原の顔は一見綺麗に見えたが、回り込んでみると反対側は大きく歪んでいて、思わず目を背けてしまう。

ずっと彼のことを追いかけていたのに、初対面がこんなかたちになるとは。

「やつは、近くのビジネスホテルに四日ほど宿泊していて、今日の昼前にチェックアウトしたことが確認されている。それとな」

金崎がメモ帳をめくる。

「アメリカに飛び立つ予定だったようだ。ダラス・フォートワース行き。片道だ」

それは、テキサス州にある国際空港の名だ。つまり妹に会いに行こうとしたのか。

そこに、金崎の部下が入室してくると、耳打ちをして退室した。

その場に残った金崎の表情は重いものだった。

「どうかしたんですか」

「まあ、ひとつ気になることがあってな、調べさせていたんだが」

田島が前のめりになると、金崎はすっと身体を引いた。

「なにが起こってる？　なぜお前はここに来た？」

「私は――」

そこで恵美と顔を見合わせる。

「私たちは、以前から榊原巡査を追っていたんです」

「追っていた？」

「先の乱射事件を見直していて、榊原巡査から話を聞きたいと思ったのですが、ずっと連絡が取れないでいたんです」

「そうか……。これはひき逃げ事件の扱いだった。それがただ撥ねられた訳じゃなさそうだということ、そして乱射事件の英雄だったとのことから捜査一課が出てくるとは聞いていた」

「捜一？」

「お前らはそれで来たのかと思ったが、違ったんだな」

「ええ、ひき逃げの一報を聞いて駆けつけたのは、さきほどお話ししたように、もともと榊原巡査を探していたからです」

金崎は外に出ようと言った。

「もうすぐいろんな関係者が押し寄せるだろうから」

病院の裏手にある扉から外に出た。日陰とはいえ、蒸した空気が汗を噴き出させた。

「お前がどういういきさつで榊原を追っていたのかは知らん。だが、お前のことは昔から知っている。真面目くさった融通のきかない奴だ」

恵美が横で激しく頷いている。

「ただ、それだけに情報は正しく扱ってくれるやつだと知っている。だからひとつだけ教えといてやる」

金崎は辺りを見渡して、身体を寄せた。

「通報を受けて駆けつけた救急隊員の話だ。救急車に榊原を収容したとき、ひとりの刑事がいきなり乗り込んできたそうだ。そして制止を振り切り、まだ虫の息があった榊原からなにかを聞き出した」

「刑事？」

「ああ。公安の設楽という男らしい」

恵美が息をすっと飲み込んだのがわかった。

「なあ、これはなんなんだ。復讐《ふくしゅう》殺人なのか？」

復讐殺人――。

その考えはなかった。

「乱射事件を起こした前沢にはなにかしらの組織がついていて、前沢を殺された復讐として榊原を狙った。そのバックについていた組織を、公安は追っているんじゃないのか？」

田島は額に浮いた汗をハンカチで拭い取る。

「正直、そこまでのことは考えていませんでした。でも、どうして私にそのことを」

「公安がぜんぶ持っていってしまう気がしてよ。癪《しゃく》に障《さわ》るだろ。俺は長いものには巻かれたくない性分なんだ」

そう言ってドアノブに手をかけた。

「ただ、お前は物事が正しい場所にないと気持ち悪いだろ。それがボールペンであっても真実であってもな」

金崎は小さく手を上げて、ドアの向こうに消えた。

「なんで設楽が現場にいたんです？」

恵美が呟いた。

「わかりません」

「いずれにしろ、設楽も榊原をマークしていたってことですよね」

偶然、ひき逃げ現場に居合わせたとは考えにくい。ならば設楽も榊原を追っていた、ひょっとしたら榊原は設楽から逃げる途中に撥ねられたのかもしれない。

「しかし、そこまでして、いったいなにを聞き出そうとしたのか」

田島の思考がはたと立ち止まる。

「設楽警部は、榊原巡査に聞きたいことがあったんですよね。だから彼を追っていた。逆の見方をすると、榊原巡査は我々が知らないことを知っていて、そのことを設楽警部も知っていた」

「撥ねられたのって、そのため？」

「前沢が殺されたことに対して復讐するような組織がついているなら、そもそも乱射事件に単独で送り込みませんよ」

「そりゃそうか」

「しかし、設楽警部にはぜひとも話をきかないといけませんね」

ふと見ると、恵美が口角を上げている。

「なんですか」

「調べる気、満々っすね」

「はい？」

「これは命令です。命令は絶対です」

田島の口調を真似しているようだったが、気づかないふりをする。

「つねに状況は変わります。さて、では設楽警部殿を呼び出しますか」

田島は名刺入れから設楽のものを引っ張りだし、架電した。

しばらく呼び出し音をきかされたあと、呟いた。

「おどろいたな。着信拒否か」

いつでも電話してくれと言っていたのに。

「それならこっちから乗り込みましょうよ」

「そうは言っても、公安部にはノコノコ入っていけませんからね」

「どうするんです？」

「電話をかけ続けますよ。それこそ言われた通りに律儀にね」


田島はそれから電話をかけ続けた。

根比べなら受けてたつ。こう見えて、しつこいぞ。

そして二十回目になろうかというとき、ようやく設楽が出た。トイレから出たあと、窓から夕焼けを眺めながらの架電だった。

『んだよ、お前ストーカーかよ。警察呼ぶぞ』

そんな軽口には乗らない。

「説明をお願いします。本日、榊原巡査が亡くなりました。設楽さんはその現場にいらしたんですよね」

『ああ、いたよ』

あっさり認めた。

「しかも救急隊の制止を振り切って、無理やり話を聞いたそうじゃないですか」

『なんだよ、俺が殺したって言いたいのかよ。いずれにしろ死んでたさ』

腹の底からマグマのようなドロドロとした熱い感情が湧き上がってくるような思いだった。

田島の声は自分のものと思えないほどに低く、震えていた。

「榊原巡査からなにを聞いたんですか」

『言えるか、バカ』

百ほど浮かんだ悪態の中から、一番汚い言葉を投げつけてやろうと探していたとき設楽が続けた。

『公安には公安の正義ってものがある。こっちが扱ってんのは国家の安全だ。ひとひとりの問題じゃねぇんだ』

「榊原巡査が国家の問題に関係しているとでも言うんですか」

『どうだろうな』

設楽は咳払いをして言った。

『いずれにしろ、お前らに話すことはない。だからもう電話してくるな』

通話はそこで切れた。

いったい、なにが起こっているんだ。

不安と、たまったストレスで体温が上がっていたのか、携帯電話のディスプレイに自分の汗がびっしょりとついているのに気付き、慌てて何度もハンカチで拭いた。

デスクに戻ると、八木が手をひらひらとさせて呼んだ。

「ちょっと、これを見ろ」

口角を、どこか得意げに上げて見せながらディスプレイを向けた。

そこに映し出されていたのはドライブレコーダーの映像だった。車がすれ違うのもやっとくらいの路地を進んでいるが、その街並みには既視感があった。

「水元公園の近くか」

「ああ、なんなら狙撃現場の近くだ――ほら、ここだ。よく見てろ」

画面左奥の路地から出てきた男とすれ違った。サングラスをかけた坊主頭の男で、ジーンズに白っぽいロングスリーブのシャツを着ている。背筋を伸ばした姿勢が体格の良さを強調していた。

「こいつは？」

「わからない。が、乱射事件に関係ある人物だと思う」

「ええっ！　まじっ！」

田島を押しのけて恵美が覗き込んだ。

「現場に前沢以外に関与した者がいた可能性を指摘したのはお前だ。だから調べていた」

八木は住宅地図を広げた。

「まず、前沢の足取りを探していたがどこの監視カメラにも映っていなかった」

前沢がいつ、どのようにして現場に行ったのか、周辺の駅や幹線道路を調べても全く形跡が見つからなかった。まさに幽霊のようで、それは捜査の基礎固めにおいてちょっとしたミステリーになっていた。

「そこを逆手《さかて》にとった」

得意げな顔で言う八木に、もったいぶるな、と田島はせかした。

「あのあたりは東基研の監視システムが張り巡らされていた。さらに、他にも民間のカメラがあちこちにある。コインパーキングやコンビニ、不動産屋、さらに個人宅にもだ。おかしいだろ」

おかしいか、と問われれば頷くしかない。

「だから、これだ」

地図は水元公園周辺のもので、あちらこちらに蛍光ペンで色が塗ってある。

「カメラが映しているところを塗った」

たしかに、あらゆる路地に色が塗られているように見えた。

「でもな、隠し通路がある」

地図をなぞる八木の指を見ていて合点した。

「カメラが無い場所か」

「そうだ。狙撃ポイントとなった廃ビルから幹線道路、柴又駅方面に抜けられるルートがいくつかある。ここを通ったんだろうと考えた」

「カメラがない場所の映像を見つける。それでドライブレコーダーか」

「そういうことだ。この周辺の車をしらみ潰しに調べて回った」

その「隠し通路」は住宅街をあみだくじのように屈折しながら伸びていて、偶然では辿らないであろう複雑な道筋だった。

「結局のところ前沢は見つけられなかった。もし用意周到に下調べをしていたとするなら、わざわざ駅や幹線道路には近付かないし、公共交通機関も使わないだろう。おそらく近くまで車かなにかで来たんだろうな」

八木は背もたれに体を預けながら、顎でディスプレイを示す。

「それで代わりに見つけたのがこの男だ。この男も前沢と同じように周辺の監視カメラには捉えられていない。このドライブレコーダーに映り込んでいただけだ」

「つまりこの男も、監視カメラのない『隠し通路』を通ったということか」

「ああ。そして、こいつが出てきた路地の奥には、例のオバケビルがある」

みぞおちのあたりにソワソワとする感覚があった。

「この人物について聞き込みは」

「もちろんやっているが、これまでのところ地域住民で知っている人はいない。いまも木場が亀有署と組んで調査中だ。それと画像認証システムに通してみたんだが、目が写っていないせいかヒットしなかった」

田島はしばし考えを巡らせる。

「ひとつ確認したい」

「偶然通った可能性か？　それは否定できない。ただの観光客かもしれない」

「いや、もしあえてこのルートを通ったとすると、カメラが設置されている場所を事前に知っている必要がある。一軒一軒まわって聞くことになるが、そんなことしたら怪しまれるだろ」

八木はここが肝心だというように前のめりになった。

「怪しまれずに聞いて回れる人物がいるだろ」

田島は胸をぎゅっと摑まれた気がした。

「榊原……」

「そう。彼は地域課の巡査だ。巡回カード作成のために、聞いて回ってもおかしくはない」

警察官は、地域住民の家族構成や緊急時の連絡先を聞いて回っている。こういった活動から、不審者などの情報を得ることができ、事件を未然に防ぐことにもつながっている。

防犯目的と言われれば、警察官からカメラの有無を聞かれても怪しいとは思わないだろう。

ふたたび、ディスプレイに映る男に目をやる。

「田島。お前は、あのビルにいたのは前沢だけじゃないと言っていたよな」

「ああ。おそらく前沢はただのスケープゴートだ。他にスナイパーとスポッターがいたと思う。合わせて三人……」

「じゃあ、これで揃ったわけだな」

もし榊原までグルだとしたら辻褄は合う。「隠し通路」をつくる準備段階から関わっていた可能性は、確かに高い。それならば、単身突入したと見せかけてスポッターの役割までも担っていたことは否定できない。

「この男の存在は、お前の推理を裏付けるんじゃないのか？」

松井との現場検証でプロフェッショナルの狙撃者が他にいた可能性が高い。それが、この男か。

「八木ちゃん、すごいっ！　ＡＩだかなんだか知らないけど、やっぱり人間が勝つのよね！」

いつもなら、馴れ馴れしい態度に怒るはずの八木は、まんざらでもなさそうだった。

ただ、ますます嫌な気分にもなる。

真犯人、凄腕《すごうで》のスナイパーの存在が確かなら、榊原が殺されたのは口封じということにならないか。そして遠藤もまた、やはり流れ弾ではなく、もともと狙われていたということになる。

つまり、事件の背後になにが隠れているにせよ、それは三人の命を奪っているのだ。そんな命の重さに釣り合うほどの真相を、いまは想像することなどできなかった。

いったいどこから調べればよいのか。この八木班ではすでに手に負えなくなっているのではないか。

どうする？

自問していると、恵美が恐る恐るといった感じで探るように聞いてきた。

「報告するんですか？　原田さんに」

八木班長に任せる、と言おうとした。当然だ。

しかし、機先を制された。

「田島に任せる」

「おい！」

卑怯《ひきょう》だぞ、と本当は続けたかった。

「なんで俺なんだ。これは捜査活動だ。その長たるはお前だろう」

「狙撃ポイントに第三者がいることを示唆《しさ》したのはお前だろうが」

「しかしな」

「そもそも、原田さんはお前に特命を下すついでに俺を巻き込んだだけだ」

田島が吸い込んだ息は、ため息として吐き出された。

参事官室。向き合ったソファーセットに挟まれた小さなテーブル。その上にプリントされた坊主頭の男の写真。

結局、田島は原田に報告することにした。恵美にはずいぶんと文句を言われたが、八木は同意していた。抱えきれない問題だと理解していたからだ。

その原田は、写真を一瞥しただけで、それからは窓の外に目をやっている。

「参事官、どうされますか」

ずいぶんと待っても動きが無かったので、田島は痺れをきらせてしまった。いつもなら石のようにひたすら待つこともできたのだが、今回は心の奥底から湧き上がるような不安が、田島を落ち着かなくさせていた。

「お前は……」

原田は言った。

「この男はスナイパーで、遠藤警部は乱射事件に見せかけられて殺された。さらに犯人とされている前沢、そして榊原巡査もこの男に殺されたというんだな」

「現段階では推測の域を出るものではありませんが、可能性はあります」

田島に向き直った原田は意外なことを言った。

「推測というか、妄想だな」

「は、しかし、可能性は――」

「この人物について聞き込みをしたと言うが、たまたま通りかかった一般市民である可能性も同じくらいある。その中で、お前の考えを選択する理由はないだろう。個人の妄想で、のべ数百人の捜査員を投入しろと言っているんだぞ、お前は」

「一考の余地はあるのでは」

「では聞くがな、遠藤警部はなぜ狙撃された？　殺したいなら他の方法でもできる」

「おそらく、一般人を巻き込んだテロを装うことで、遠藤警部の殺害の意図を隠そうとしたのだと思います」

「ならば、遠藤警部が殺される理由はなんだ」

それは当初から浮かんでいた疑問だが、いまだに答えは持っていない。

「わかりません」

「やはり妄想だな。対策本部の出した結論をひっくり返すだけの材料がないのなら手を引け。これ以上関わるな、と前にも言ったはずだ」

取り付く島もない。原田の意志は強い。

「了解しました。これより通常任務に戻ります」

そう言うことしかできなかった。

田島は腰から上半身を三十度に折って一礼すると、部屋を出た。

自席に戻ると、八木班の面々が待ち構えていた。

平静さを気取る八木の代わりに、木場が聞いた。

「どうでしたか。参事官は捜査の継続を認めてくれましたか」

「いや、変わらない。手を引いて通常任務に戻れということだ」

「ええっ？　ここまでおかしなことが起こっているのに？」

八木も顔を上げた。大規模に捜査員を投入するとは言わないまでも、このまま捜査を続行するものだと思っていたようだ。

「ああ。だから言ってやったよ」

田島は肩をすくめた。

「通常任務に戻りますって」

「そんなんでいいんですか」

恵美が嚙みついた。

「ここまでやってきて、よくもまああっさり諦められたものですね」

「諦めたとは言っていません」

八木の目がすうっと細くなった。部下の暴走を押しとどめようとする時のサインだ。

「おい、お前。まさかとは思うが」

「頼んではいない」

そう答えると、恵美が邪《よこしま》な視線を送ってきた。

「命令違反ですか。ロボコップな田島さんらしくないですね」

だがその口調は楽しそうだった。

田島は机の上に並べていたボールペンをほんの少し回転させた。角度にして五度以下だ。恵美が触ったのだろう。

「部屋から出る時、例の男の写真に目をやる参事官を見て思った。だれだか知っているんじゃないかって」

八木が背もたれによりかかった。

「そうなのか。でもなぜ」

「わからない。その理由も、原田さんに聞いたところで教えてくれないだろうな」

恵美は、怪しいなあ、怪しいなあ、と呪文のように呟いている。

「毛利さん、「ニード・トゥ・ノウ」の原則ですよ」

恵美は〝Need to know……〟と流暢な発音でつぶやいた。

「必要最小限の〝知る必要があるひと〟だけに知らせる、ってやつですか」

「そうです。情報には幹部だけが触れられるものがあるということです。お喋りな巡査に、勝手な憶測で尾ひれをつけ、触れ回られたら困りますからね」

その〝お喋りな巡査〟が懐疑的な目を向けてくる。

「で、どうするんすか？」

調べるか調べないかの二択で言えば、調べるべきだろう。乱射事件のことだけでなく、原田の不可解な行動も気になる。それに、もし原田が不正を働いているのなら、それを追及するのは自分しかない。そう思った。

しかし、ことは慎重に進める必要がある。

田島に視線を向けられた八木がうんざりだという顔になった。

「おいおい、勘弁してくれよ」

「目を瞑《つぶ》っていてくれればいい」

八木には余計な説明はいらないようだ。

「なにを言っているのやら、俺にはわからん」

そう嘯《うそぶ》いた。

「田島さんに無理やり命令されたってことでいいなら手伝ってもいいですけど」

恵美はどこか楽しんでいるようにも見える。

「いや、なんのことを言っているのやら」

田島もとぼけた。もう、はじまっているのだ。

7

田島はふたたび現場を訪れていた。

乱射事件が起こった同じ時間、遠藤が座っていたベンチに腰を下ろし公園を眺める。

水鳥たちは、人間たちの騒ぎに関係なく、それぞれの営みを続けていた。

事件発生から一週間が過ぎ、ひとの流れも戻ったようにも感じる。

田島は左に目をやった。いまはなにもないが、そこに屋台があり、はじめの一発が着弾した。遠藤はそれを見て右方向に逃げた——。

暑いな、と首筋の汗をハンカチで拭った。そして、ふと思った。

遠藤はそもそも、ここでなにをしていたのだろう？

昼前だったとはいえ、当日は夏日でベンチに座っているだけでもそうとう暑かったはずだ。周囲には木陰に守られたベンチもあるのに、わざわざここに座っていた。その理由があるとしたら、ひとつしか思い浮かばない。

もし乱射事件がはじめから遠藤を狙ったものだったとしたら、遠藤にはここにいてもらう必要がある。そうでなければ、廃ビルで用意周到に待ち構えることはできなかったはずだ。

遠藤は、何者かに呼び出されていた……？

監視カメラの映像には、しきりにあたりを窺う遠藤の様子が映されていた。あれは子供たちの無邪気な笑い声に気を取られたのではなく、待ち人を探していたのではないか……。

もやもやとした感情が、ギリギリとしたものに変わっていく。

そういえば、あの時、原田もこの場所にいた。たまたま近くに用事があったと言っていたが、そんなことがあるのか。

やはり原田はなんらかのかたちで事件の真相に関わっているのだろうか。

田島は携帯電話を取り出して、稲原を呼び出した。

「忙しいところ、申し訳ない。ひとつ聞きたいことがあるんだけど」

『はい、なんでしょう』

「以前に話をした、ソナー社の採用を不当に妨げているような気配が警察内部にあるって件なんだけど」

稲原は声を低くした。口の周りを手で覆っているのか、やや籠もった声だ。

『それ、課内でもちょっとした話題になっているんですよ』

「そうなのかい？」

『ええ。その幹部が誰なのか、名前も聞かれるようになりました。それもなりふり構わずって感じなんです。ソナー社のシステムを徹底的に解明しろって。何度評価報告をあげても、やり直せって感じで先に進みません』

「それって、いったい誰なんだい？」

『いや……それは、あくまでも噂レベルなので』

「構わない。もらった情報は悪いように扱わないから」

そうですか……と、口走ってしまったことを、やや後悔するようにして言った。

『刑事部の原田参事官です』

そんな嫌な予感はしていた。田島から見ても原田の行動は不自然だった。

「ありがとう。ひきつづき、よろしくお願いします」

通話を切った途端、着信があった。

「八木か、どうした」

『お前、謹慎だ』

まるで季節の挨拶のような自然な口調だったから、その意味を理解するまでにやや時間がかかった。

水鳥が鏡のような湖面に着水するのをぼんやりと見つめながら、じわじわとその言葉の意味が浸透してくる。

「まさか、原田参事官が？」

『ああ。命令を無視して独断で捜査をしていることが伝わってしまったようだ』

田島ははっとして周囲を見渡した。

ここには、東基研の次世代監視システムがテスト稼動をしているはずだ……。追跡されていたのか。

「そうか。わかった。それで、何日だ？」

『四日間だ。まあ、原田参事官の対応にはどうにも納得できないところもあるが、いまはおとなしくしておけ。息を潜めて、機会を待て』

「了解した。バーにでも行って、一杯ひっかけるさ」

田島は軽い口調で言って通話を終わらせたものの、納まりの悪い感情が身体の中で蠢《うごめ》くのを抑えこむのに苦労した。恵美なら大声で叫び、唸り、ゴミ箱を蹴飛ばしていただろう。

田島は顔を少しばかり歪めることで対処したが、その代わりに胃の粘膜が剥がれ落ちてしまったように感じた。

胃酸過多で胃に穴が空いてしまう前になにか入れた方が良さそうだ。

そして腹の虫が落ち着いたら、これまでのことをひとつひとつ検証していこう。謹慎しても頭の中は自由だ。不可思議に絡んだ糸を、一本ずつ、ゆっくりと解《ほど》いていくのだ。

「あら田島さん、今日は早いですね」

吉永芽衣《よしながめい》がカウンターの中から細い腕を伸ばし、おしぼりを差し出した。

「いろいろあって」

田島は広げたおしぼりで顔全体を覆ったあと、綺麗に角を合わせて四つ折りにした。それをカウンターときっちり平行になるように置く。

ここは渋谷にあるスポーツクラブに併設された『プラトー』というスポーツバーだった。

プラトーとは、バランスがとれた定常状態を意味する。スポーツジムにおいては、追い込んだ筋肉の停滞期の意味で使われる。

ある一定のレベルまで達すると、上達が実感できなくなる状態だ。ダイエットでも、順調に体重を減らせてきたのに、それが止まってしまうことがあるのがこれだ。

田島は、これは身体がバランスを求めて急激な変化に反発するためだと思っている。

そして捜査についても同じ事が言えた。

様々な情報が集まってくるものの、全体としては進捗しない。

いまの田島を言い得ているようで、苦笑せずにはいられなかった。

「いつものですか？」

芽衣が小首を傾げ、田島は頷く。

「はい、いつものので」

店内にはカウンターの他にテーブル席もあったが、時間が早いせいか、いまは誰もいなかった。背後はガラス張りになっていて、そこからジムの様子が見える。マシンも半分ほどの使用率で、仕事帰りのサラリーマンの姿はまだなく、どちらかというと女性が多い。年齢から、時間とお金に余裕のある主婦層だろうか。

田島はここの会員になって半年ほどが経つ。帰宅前に汗を流すつもりで入会したが、事件捜査で忙殺され、なかなか足を向ける時間はなかった。

それでも退会しないのは別の利点があったからだ。

捜査が続くと家に帰ることもままならない。そんなとき、シャワーを浴びられるだけでも気分がリセットでき、英気を養うことができるのだ。またロッカー室にはアイロンやプレスマシンもあるので、シャツにも人生にも皺をつけたくない田島にとってはありがたい場所だった。

「お待たせしました。本日のスムージーは小松菜とヨーグルトです」

そう、そしてここのスムージーが気に入っていた。あちらこちらのスムージーを飲んできたが、ここが一番美味《うま》い。

カウンターの中で洗い物をしている芽衣の本来の仕事はトレーナーだった。このジムでピラティスのクラスを受け持っているが、時々、このスポーツバーでも仕事をしている。

「貧乏暇無しですから」

以前、そんな話になったとき、裏表のない笑顔に、田島はこれまでの人生に欠如していた感情を意識した。

癒《いや》し、だ。

自分は癒しが必要な生き方をしているわけではないと思っていたので、言葉として理解していても、実感することがなかったのだ。

なぜそう思うのだろう。

田島は物事のメカニズム、理屈を知らないと心の収まりが悪い。

まずは、身体的特徴。刑事の嫌な癖なのかもしれないが、ぱっと見で客観的要素、つまり数値化するのだ。これは捜査において重要な能力だ。

改めて芽衣を観察する。

身長は百七十センチ、体重は五十五キロほどだろうか。年齢は三十代半ば。しかし健康的な笑みはずいぶんと少女っぽく見える。

普段は冷静でフェアな判断ができる田島だが、どこか輪郭がぼやける。

「田島さんくらいですよ、ジムに行かずにこんなところで油を売っているの。なんのために会費を払っているんだか」

田島は我に返り、ストローでスムージーをかき混ぜながら、はにかんだ笑みを浮かべた。仕事ではなにかと気が張るが、ここは自由だった。伊達メガネも必要ない。

さらに、ここは恵美にも知られていない、まさにオアシスだった。

「こんどクラスに来て下さいよ」

「いやいや、僕なんてついていけないですよ。この前、ちょっと見させてもらったことがありましたけど、ピラティスってけっこうハードですよね」

「レベルはさまざまありますから」

「考えておきます」

「あー、それ、絶対来ないやつでしょ」

芽衣がポニーテールを揺らせて笑った。

「ところで、今日はなんだか疲れてそうですけど？」

「ええ。大変な一日でした。いろいろと重なってしまって」

まさか謹慎中とはいえない。そもそも刑事であることも言っていない。

「ストレスとか溜まってそうなお顔ですね」

心配そうに覗き込む芽衣と目があって、田島は照れ笑いを返すしかない。

ここを訪れる理由の半分は、彼女の存在であろうことを自覚する。

「そんな時はやっぱり身体を動かしたらいいのでは？」

「そうですね。でもこうしてスムージーを飲みながらお話しをするだけでも、ストレスは軽減されるんですよ」

「そうなんですか」

芽衣は笑って、興味深そうな視線を向けた。

「でも、田島さんってすごく几帳面だから、がさつなわたしなんてストレスのもとだと思いましたよ」

いや、がさつ、とは恵美のためにあるような言葉だ。いやむしろ、がさつの権化が恵美だといっていい。

「僕がですか？　几帳面なんてことないですよ。はじめて言われたかもしれません」

落ち着き払って答えたものの、目は激しく泳ぐ。

芽衣の目がカウンターの一点に注がれる。きっちり角を合わせたおしぼりだ。

「いつもその場所ですもん。それにちょっとでも動いたらすぐに調整されています し」

どうやら、しっかりと見られていたようだ。

ただ、ここで隠しても得るものは無い。オアシスは心安らぐ場所でなければならない。着飾った態度をとらなくてはならなくなったら、それはもう楽園ではないのだ。

「たしかに、へんなところにこだわりが出てしまうことはあります。潔癖症だとよく言われますが、べつにつり革も摑めますし、他人と同じ鍋をつつくこともできます。ただ、ちょっとだけ細かいところに目がいってしまうというか」

芽衣はクスクスと笑い、良いことじゃないですか、と言った。

「でも、同僚たちからは面倒くさい奴だと思われています。特にある女性の部下からは潔癖をからかわれる始末で」

「田島さんが、愛されキャラだってことじゃないですか」

いや、そんなことはないと思う。

田島とことごとく生き方が違う恵美の存在は、ある種の緊張を強いられるものだ。なにしろ彼女の言動は〝いきなりで大雑把〟なので、常に構えていなければならない。職務に集中したいのに、余計なことに気を遣わざるをえないのだ。

脳裏に恵美の顔が浮かぶ。謹慎となったとたん、その呪縛《じゅばく》を解かれた気がする。

本来なら嬉しいはずなのに、そうではない。なぜなら捜査からも外されているからだ。

恵美とは完全に水と油の存在でありたいが、ひとつだけ共通することがある。

それは正義感だ。

恵美は思慮深く行動するというよりは直感的に動いている。そこには忖度も駆け引きもない。

良くも悪くも、それが恵美という人間の行動様式であるため、プライベートであってもおかまいなく土足で家に上がり込むような印象を持ってしまうのかもしれない。

「あ、いたいたタッシーさん」

そう、こうやって平気でパーソナルスペースに入ってくるのだ。

「えっ！」

振り返ると、そこに恵美がいた。田島の聖域を侵したことに対して悪びれることも、臆《おく》することもない。

「な、なんで、ここに」

対して田島はといえば、少なからず動揺していた。

恵美は芽衣と田島の間に視線を配り、それからにやりと笑った。

「ははあん。最近、田島さんが浮かれていたのは彼女の存在ですか」

「なにを言ってるんですか」

浮かれたことなど断じてない。

「いったい、なんの用ですか？　私を尾行してきたんですか」

「半分当たり。でも尾行したのはあたしじゃありません」

「は？」

「とにかく、ちょっときてください。仕事です」

「私は謹慎……休暇中ですよ」

「まぁ、それならそれでいいですけど、とりあえず話を聞いてからにしません？」

「なんなんですか」

「ちょっと進展。例の件で」

そう言われると思考はそちらに傾く。

田島は心の中で舌打ちをした。このまま無視もできない。

立ち上がると、やや考えて、芽衣に会計を頼んだ。本来はその場で会計ができるのだが、恵美となるべく距離をとるようにレジに回り込んだ。

「すいません」

「なんで謝るんですか」

と芽衣は笑う。

「あの、また来ます。つぎ時間があるのはいつですか？」

財布を取り出しながらさりげなく聞いた。ストレス発散にピラティスでもやってみようと思った。

「明後日の六時からなら空いていますけど」

「わかりました。その時間にまた伺いますので」

芽衣は嬉しそうに小さくうなずいた。

「あの方が、例の女性？」

ジムの中を興味深そうに覗いている恵美に視線を送った芽衣が言った。

はい、あれが本当のがさつ女です、と心の中で唱えながら頷いた。

「では、お待ちしていますね」

そういいながら、釣り銭を渡す指が僅《わず》かに触れて、口角が緩んでしまう。

恵美の存在を思い出して仕事モードに切り替えるが、目が笑っているかもしれないと、慌てて伊達メガネをかけた。

出口に向かいながらちらりと芽衣を振り返ると、小さく手を振ってくれた。


「田島さんは、ああいうのがタイプなんですねぇ。ド定番じゃないですか。すらりとした体型で、垢抜けて、それでいて人生をいろいろ経験していそうな、ね」

階段を降りながら恵美が冷やかす。

「スムージーを飲みにきただけです。ていうか、なんでここに？」

恵美が答える前に、ジムを出たところの国道沿いのガードレールに設楽が腰を下ろしているのが見えて、絶句した。

「な、なんで」

どういうことだ、と恵美を見る。

「田島さんに話があるんだって。謹慎してるから連絡取れないって言ったら、居場所ならわかるから呼び出してきてくれって頼まれたの。自分が行っても言うこと聞かないだろうからって」

田島は警戒した。

「公安は、私を尾行していたんですか」

設楽は不敵に笑う。

「ま、否定はしない」

「なんのために」

「見極めるためだ。覚悟を決めて真相を追う者なのかどうかな」

「なんのことです」

タバコに火を点けた。田島の背後を綺麗な女でも通ったのか、視線は横を向いている。

「いったい、どういうつもりで――」

「怪しい男の姿を捉えたそうじゃないか。なかなかやるな」

田島は恵美を睨んだ。

「あたしはなにも言ってないわよ。例の写真も見せてない」

恵美は、両手のひらを顔の横で開いて『無実』を表現した。

「まぁ、ここらでお互いに協力しようって話だ」

「いまさら？　虫がいいですね」

設楽は瀕死《ひんし》の榊原から無理やり話を聞いた。それを田島には話さなかったのに、情報はくれという。世界は自分を中心に回っているとでも勘違いしてるのか。

悪びれることもなく、設楽は立て続けにタバコに火を点けた。

「まぁそう言うな。敵味方の判断がなかなかつかないから仕方がないだろ」

警察内に敵が混ざっているような言い方だった。

「じゃあ、そっちはどんな情報をくれるんです？」

設楽は立ち上がると、腰を叩きながら近づき、耳元で言った。

「榊原の最後の言葉だ」

真意を確かめるように見つめ返すと、声を一段下げた。

「乱射事件には裏がある。それを本人から聞いた」

田島の目は大きく見開かれていた。

設楽がそんな情報を渡してくれるのかという期待、そしてどんな裏があるのか知りたいという欲求。

原田は、裏側は、ひっくり返さんと見えないものだ、と言っていた。

その裏側を、目の前の設楽は知っているのだ。

だが、気になることもあった。

榊原がひき逃げにあったとき、設楽は現場近くにいた。これは偶然とは思えない。

「そもそもなぜ榊原巡査をマークしていたんです。思えば事件当初からでしたよね?」

榊原を追う理由になるだけの、我々の知らない情報を持っているとしか考えられない。

「ま、事件の一報を受けたとき、俺はすぐに裏があると思ったからな」

「それは、なぜ?」

「ここから先は情報交換だ」

当たり前だろという顔をする。

「タダってわけにはいかない。どうだ、乗るか?」

口調は軽かったが、田島を覗き込む目は決して笑ってはいなかった。

いま田島が持っている情報は、〝あの乱射事件はなにかがおかしい〟ということを示す断片的なもので、それらをつなぎ合わせる接着剤のようなものが欲しかった。

設楽は、それを持っているのかもしれない。

「静かなところにいきましょうか。監視カメラにどこから見られているかわからないし」

田島がそう言うと、設楽は地面に落としたタバコをつま先で潰し、顎をしゃくって歩きはじめた。

背後で、面白くなってきた、と言う恵美の呟きが聞こえた。

とっておきの場所がある、と設楽に案内されたのは、道玄坂《どうげんざか》方面に五分程歩いたところにあるカラオケボックスだった。

「ワンドリンク頼んでおけば、誰もこねぇし、それに防音だ」

置かれたソファーの数から六人部屋と見積もった。照明は暗く、タバコの臭いが壁に染み込んでいる。流行《はや》りのPVを流すモニターがやけに眩しかった。

ここで飯食って昼寝することもできるんだ、と設楽は嘯いた。

恵美は、リモコンを片手で胸に抱えながら、注文したパフェに細長いスプーンを差し込んでいた。ドリカム、ドリカム、と呟いているが、まさか歌うわけではないだろうな。

「それで設楽さん。どういうことなのでしょうか」

「待て待て。ものごとには順序ってものがある。順序に拘《こだわ》るのはお前の専売特許だろ」

専売特許のつもりは毛頭ない。

「で、どう思っている？　あの事件」

探るような、狡猾《こうかつ》さが入り混じった声で聞いてきた。

田島は思い切りぶちまけることにした。

「乱射事件はフェイクです。はじめから遠藤警部だけを狙ったものです。さらに前沢も犯人に仕立てられただけで、榊原巡査によって口封じをされた。秘密を知る榊原巡査の口を封じたのは、真の狙撃犯である、この男」

田島は写真がプリントされた紙を四つ折りにして指ではさんだ。

設楽がそれに手を伸ばすが、田島はそれを恵美に渡す。そっちも言わなければ見せるつもりはないという意思表示だった。

恵美はバッグの奥に写真を仕舞うと、両手でバッグを抱え込んだ。

設楽は不敵に笑い、何度も頷いた。

「なるほどな。意見が一致しているところと、していないところがある」

まず、と言って遠藤の名前を出した。

「遠藤は離島のおまわりさんではない。公安部の人間だ」

リモコンをいじっていた恵美が顔を上げ、田島と目を合わせる。

「本庁に復帰した際は、総務課に所属していることになっていますが」

「表向きはな。まあ、そんなの公安部ではよくある話だ」

設楽はこともなげに続ける。

「小笠原に赴任していたのは情報収集のためだ。ネットさえ繋がっていれば遠く離れていても情報は手に入れられるし、探っていることにも気付かれないから都合がいいんだ」

設楽は泡の消えたビールジョッキを口に運ぶ。

「ちなみにお前が電話をした小笠原署の副署長の目黒。あれは俺の同僚だ。桜田門《さくらだもん》勤務のな」

思わず額を押さえた。まんまとやられた。

公安部の中では、遠藤のことを慎重に取り扱っていたのだろう。だから田島が問い合わせたとき、内線と思わせて実は小笠原署から公安部に転送されていたのだ。

「少し前、その遠藤が言ったんだ。警察のなかに、次世代監視システムの導入に関して癒着している者がいると。ただの癒着ならともかく、それが国防にも影響しうるというから東京に戻って更に調べを進めようとした。そんなときに乱射事件に巻き込まれて撃たれたというわけだ。これが偶然と思えるか」

最後は吐き捨てた。

「その、癒着している幹部というのは」

「名前は聞いていない。が、お前は心当たりがありそうじゃないか？」

「なぜですか？」

「あの日、遠藤が公園を訪れたのは、その男と会うためだったらしい。そこに、だれか、癒着している警察の人間が――いたんじゃないのか？」

最後の部分は、確信を得ているかのように、語尾が上ずっていた。

たしかに事件直後の現場で、田島は警察幹部と会っている。桜田門の部隊の中では、たまたま現場近くにいた田島らが一番に到着したはずだったが、実際には原田が先にいたのだ。

同じく心当たりがある恵美が、だまって田島の反応を窺っていた。

結局、田島はそれには答えずに先を促した。

「それで、なぜ榊原を追っていたんです」

設楽は、口角を歪に持ち上げてみせ、先に進んだ。

「簡単だ。前沢ってやつはワルだが、銃を振り回せるやつじゃない。せいぜい火炎瓶だ。銃刀法違反でパクったことはあるが、それも銃刀の刀のほうだ。クスリをキメて日本刀を振り回して暴れていた。いずれにしろ銃なんて扱えるやつじゃない。入手ルートだって持っていないだろう。それが榊原の証言と食い違っていたんでね、話を聞こうと思ったわけだ」

あとはわかるだろ？　と田島を見やった。

「行方をくらませた榊原を見つけ出したのは、やつが死ぬことになった日の朝だ。ホテルに駆けつけたがタッチの差でチェックアウトしていてな。それで付近を捜索していたら、救急車が路地に入っていくのが見えて後を追ったというわけだ」

「設楽さん、あなたは救急隊員の制止を振り切って、強引に榊原から話を聞いたそうですね」

救命活動を遮ってまで。榊原が助からなかったのはお前のせいではないか、と喉まで出かかったが、設楽が冷めた口調で言った。

「この前も言ったが、あれは……助からなかった」

「設楽さんには、ひと目見てわかるほどの救命の経験や知識があるんですか」

いや、と首を振った。

「でもな……あいつが俺を呼んだんだよ」

その顔は、寂しそうであり、苦悶の色が浮かんでいた。

「あいつが呼んだんだ」

もう一度言った。

田島はため息をついて、話をもどした。

「それで、彼はなんと? 設楽さんになにを言ったんです?」

「俺は、妹のためにやったのか、と聞いた。そうしたら頷いたよ」

田島は、溶けたアイスクリームがグラスの側面を垂れ下がっていく様子を見つめる恵美を見やって、それから設楽に視線を戻した。

「撃ったのは自分じゃないと」

「どういう、ことですか」

「まず、ことの発端だ。あの乱射事件は単なる薬中のイカれた野郎が衝動的に起こしたものじゃない。遠藤が死んだことにも、それにいたる必然があった」

田島は頷く。

「この裏にあるのはな、次世代監視システムの選定なんだ」

監視システム……。原田は、事件に関与しているのだろうか。

田島の懸念をよそに設楽は続けた。

「榊原は何者かから接触を受け、妹の手術費用を全て肩代わりするから協力するように持ち掛けられたらしい。それは次世代監視システムの評価をリアルにするために『デモンストレーション』を行うというものだった」

デモンストレーション……。

「つまり、抜き打ちテストのようなものですか？　監視システムがどう反応するのかを見るための？」

「すくなくとも榊原はそう解釈した。しかし、そうではなかった」

恵美が、ぐちゃぐちゃになったパフェを押しやりながら、吐き捨てた。

「でも妹の手術費を肩代わりするって言われたんでしょ？　そんなことで数億円を肩代わりしてもらうって、ただごとじゃないって思うでしょ、普通」

設楽はジョッキを摑む。

「実は榊原もわかっていただろう。だが『妹を救える』という誘惑には逆らえなかった」

二度ほど喉を鳴らしてジョッキをテーブルに戻す。

「あからさまに犯罪に加担しろと言われなかったことで、無理矢理、自分を納得させたんだろうな」

榊原に話をもちかけた男は、そのあたりの心理を突いたのだ。おそらく、慎重に人選びをしたはずだ。とすれば、かなり念入りに計画を練ったはずで、そこはかとなく巨大な陰謀を背後に感じられずにはいられなかった。

「それで、榊原巡査はなんと言ったんです」

「どうやら〝騒ぎ〟がはじまったら、あの廃ビルの四階に来いとだけ言われたようで、具体的になにが起こるのかは知らされていなかったらしい。そして、その〝騒ぎ〟が起きて廃ビルに行くと、乱射していた男と、声をかけてきた男。そして頭に袋を被され、手を縛られた男がいたそうだ。そして、声をかけてきた男が榊原の拳銃を使い、縛られていた男——つまり前沢を撃った」

あの場には、狙撃手のほかにもうひとりの男がいた？

——長距離射撃にはスポッターの存在が不可欠。

それは松井の証言を裏付けるものだった。そして、それは榊原のことではない。

激しい息づかいが聞こえた。恵美がしかめ面で腕組みをし、ソファーに寄り掛かっていた。大きく開いたひと組の鼻の穴から吹き出す息は、怒りか、反感か。いや、真相に対する拒絶の意なのかもしれない。

「そして、黙っていれば妹は救われ、お前は英雄でいられる、と。だが、やはり秘密を抱えるという重圧には耐えきれなかったようだ。どうしていいかわからずにパニックになった榊原の心にあったのは妹のことだけだった。ひと目会いたかったんだろうな。会ってどうするつもりだったのかまでは聞けなかったが、唯一の拠り所だったのかもしれん。いずれにしろそれを気取られて榊原は襲われた。自分を撥ねた車を運転していたのは、声をかけてきた男だったそうだ」

ということはあの場には四人の男がいたことになる。榊原、前沢、坊主頭の男、そして榊原を引き込んだ人物だ。

田島は事態の大きさに戸惑っていた。そして理解もしていた。全貌を理解するには圧倒的に情報が足りないということを。

田島は恵美に手を伸ばした。恵美もその意味を理解したのか、傍に置いていたバッグからコピー用紙を取り出した。田島はそれを設楽に渡した。

「こいつが、現場から立ち去ったとされる男か」

設楽は文字通り突き刺すような視線を写真に這《は》わせた。

「ええ。いままでこの男が遠藤警部を殺害した狙撃犯だと思っていたのですが、ふたりのうちどちらかわからないですよね」

「いや、狙撃犯はこいつで合っていると思う。榊原に接触したのは五十代の男だと言っていたからな。ただ風貌までは聞けなかった。榊原はこちらの質問に答えるというよりは、言い残してはいけないという気力だけで喋っていたようなものだったから」

設楽は榊原の最後の姿を思い出しているのか、苦しそうに息を吐き出した。

「設楽さん、この男について情報を得られませんか？　こちらの画像認証システムを通してみたのですが、サングラスをしているせいか、ヒットしませんでした」

「了解した。公安は刑事部とは一部異なるデータを持っているから、そっちも当たらせる」

「一部ぅ？」

恵美が設楽を上目遣いにして見る。

公安部と刑事部は捜査対象が異なる。時に国家機密を取り扱うこともあるため、独立した情報管理体制を取っている。情報共有を拒否されることも多々あり、同じ警視庁職員といっても付き合いづらい一面があるのは確かだ。

「首都警察を機能させるための施策ですよ」

やんわり言った田島に、恵美が、だけどさあ、と応じた。

「そもそもだけど、榊原ってさ、あそこが次世代監視システムの実験場所だっていうことは知っていたの？」

「というと？」

「だってさ、新システムの導入にあたっての実証実験が行われていることはタッシーだってあたしが言うまで知らなかったんでしょ？」

「そうですね」

「実際、機密とは言えないまでも、関係者間で共有されていただけだから、所轄のいち警察官が知っているのっておかしくない？」

「どうなんですか？」

設楽に聞いた。しばらく思案顔で俯いていたが、やがて視線を上げた。

「榊原は知っていたと思う……。だから〝デモンストレーション〟と聞いて、そのことだと思ったんだろう」

「では、いずれかの男から聞いたということですよね。引き込んだ男か、狙撃した男」

「そうなるな」

しかし顎髭をさかんに撫で回す設楽を見て思う。

「まだなにかあるんですか」

果たして、設楽はハッと息を飲んだ。

「いやな。その次世代監視システムだが……。その男はどこから情報を得たのかと考えると、やはり警察内部からじゃないのかと思っちまうよな。現役の警察官……癒着する幹部……そいつが遠藤を公園に呼び出した……」

田島の頭の中には、原田の名前が浮かんでいた。それが設楽の口からも出てくるのではないかと身構えた。

だが、設楽はそのまま考え込んでしまい、うかない表情を維持していた。

田島が顔を窺っていると、その視線に気付いたのか、狙撃犯の写真を見ながら口を開いた。

「榊原は言った。『あの男は、かなり大きなテロを考えている』と」

「あの男？　それは、いったい誰のことで、いつ、どこでテロを？」

「わからない。そう呟いた直後に意識を失ったから」

テロ……。この日本で、そんな言葉を聞くことになるとは。

設楽は立ち上がると、サングラスをした坊主頭の男の写真を手に取ったまま言った。

「こいつが何者か、突き止めてやる。遠藤の弔い合戦だ」

8

設楽から連絡があったのは、二日後のことだった。昼下がりに呼び出された田島は、桜田門から皇居に入ったところにあるベンチに向かった。

「わかったぜ、ドライブレコーダーに写っていた男が何者か」

先にベンチに座っていた設楽の横に腰を降ろすなり、そう言った。

「早かったですね」

率直な意見だったが、設楽は吐き捨てた。

「時間がかかりすぎた。灯台の下は暗いってか」

「灯台……下暗し？」

なんのことかと思っていると、設楽は背後にそびえる高さ五メートルほどの石垣の先を、やや首を後ろに回して示した。そこにあるのは——警視庁だ。

「こいつも警官だったんだよ」

田島は、自身が発した驚嘆の声を、どこか他人事《ひとごと》のように感じた。それだけ、予想外のことだった。

「警官?」

聞き間違えようのないことではあったが、あえて確認した。

「この男は倉井《くらい》壮《そう》。元SAT所属のスナイパーだ」

警備部には、テロやハイジャックに対し強力な火力で制圧するための特殊急襲部隊がある。それがSATだ。

「警視庁の、ですか?」

「ああ。六年前まで同じ空気を吸っていたんだよ、俺たちは」

元警察官……その事実が不安に拍車をかける。

「よくわかりましたね。画像認証システムもだめだったのに」

「最後は人間の力だ。輪郭や、身体つき。あとは歩き方なんてのも手掛かりになるし、凄腕の射撃技術を持つ人間であることを前提に考えれば、かなり絞り込める」

設楽には写真のプリントだけでなく、ドライブレコーダーが記録した動画ファイルも渡してあった。

チームなのか、ひとかたまりになった皇居ランナーに目をやりながら、一枚の紙を寄越してきた。

「倉井が警察を辞めたのは、婚約者を亡くしたことが原因だったようだ」

病気かなにかですか、と聞きかけて、設楽の表情からそうではないと察した。

「……事件ですか」

「ああ、覚えていないか、六年前に蒲田《かまた》で起こったヤクザの抗争事件」

田島はすぐに記憶に辿り着いた。

「双方が衰弱し、共倒れになるくらいの激しい抗争でしたね。確か一般市民にまで犠牲がでるほどだったと」

その当時、田島はまだ所轄の地域警官だったが、抗争事件が頻発し、応援要員として現場にも駆り出されたからよく覚えている。

商店街近くの喫茶店にいた組長以下五名の暴力団幹部を狙った襲撃事件が発生した。双方が拳銃で応射し合い、その流れ弾が昼下がりの街を血に染めることになった。

死者六名のうち、四名が一般人だった。

「その巻き込まれた市民の中にな、倉井の婚約者がいたんだ」

「えっ、本当ですか。警察官の家族がその中にいたなんて、まったく知りませんでした」

「まだ籍は入れていなかったから、警察関係者に葬儀の案内が出たわけでもない」

殺人鬼然として見えていた、倉井という名のサングラスの男。奴にも愛情を育んだ人間らしい過去があったのかと思う反面、それがどうして乱射事件に関わることになったのか。

「それで、倉井のやつは精神的に参っちまったんだろうな。事件の後、ほどなくして警察を辞めたんだが、そのあとの足取りは摑めていない」

「しかし、倉井が遠藤警部を狙う理由がわかりません」

「そこなんだ。あのふたりには直接的なつながりはなかったはずだ。仮に倉井が遠藤を狙う理由があったとしても、わざわざ乱射事件に見せかける必要はない」

確かに……と田島は拳《こぶし》のうえに顎を載せて考える。

「設楽さんは遠藤警部が狙われたのは、警部がなんらかの情報を持っていたからということでしたよね。次世代監視システムの導入について幹部が癒着しているとの

「……」

「ああ。もしそれを知っている遠藤が口封じで殺されたのだとしたら、倉井はそれを暴いてほしくなかったということになるが、なぜここで倉井が絡んでくるのかがわからない」

いずれにしろ、倉井の人間性を知りたかった。どんな事件であれ、それは人間によって引き起こされる。濃霧の中で進むべき方向がわからないような状況であれば、まずその人間を知ることが近道なのではないか。

設楽と別れたあと、田島は恵美に電話をかけた。

『いいなあ、休みがもらえて』

それが恵美の第一声だった。

「休みじゃありません。謹慎です」

『有給休暇を使わないまま消滅させてしまう田島さんには同じことです。こうならないと休まないでしょ』

「別に予定はありませんから、その分、仕事に打ち込んだだけです」

『いままではね』

意味ありげな声だった。

「なにが言いたいんですか」

『べーつにー。どっかの美人さんとデートでもしたらいいんじゃないかなーなんて』

異議を唱えようとしたとき、恵美が機先を制す。

『で、なんの用ですか。こっちは忙しいんです』

恵美とコンビを組まされてからというもの、言葉を失うという場面に遭遇する。開いた口が塞がらない、というのが単なる例えではないのだということを身をもって知った。

ストレスが消化し切れないほど溜まる前に、さっさと用件を済ませたほうがよさそうだ。

「調べて欲しいことがあります」

田島は設楽とのやりとりを説明した。

『ほほう、元SAT隊員っすか』

声色に強い興味が現れていた。

「所在不明なので本当に倉井という人物なのかどうかはまだわかりません。ただ、倉井が警察内になにかしらの記録はあるはずですから、それらを調べてください。

どんな人物だったのかを知りたい。趣味でも好物でも、靴下をどちらから履くかでも。得られた情報は随時報告してください」

『なるへそ。ラジャーです』

相変わらずことの重大さがわかっていないように思える口ぶりだった。

「本当に理解していますか」

『してますが、なにか』

「じゃあ説明してください」

嫌な上司の典型だなと思いながらも、確認しないではいられなかった。

『かつてSATに所属していた倉井壮なる人物の調査。警視庁職員記録をあたり、人物像の特定を行う。またこの件について安易に捜査を続けると、どこかの刑事のように譴責を食らうので、迅速かつ隠密に行う。得られた情報は随時報告。もちろん書類に残さずに直接電話連絡をする、以上。補足ありますか』

理解力を疑われたのが癪に障ったのか、ちょっと不機嫌そうな声だった。

「ありません。ではお願いしま――」

最後まで言い終わる前に恵美は通話を切った。

自分で捜査できないのは歯痒《はがゆ》いが、いまは大人しくしているべきだろう。頭のなかだけでできる捜査もある。いや、むしろこういった状況だからこそ、腰を落ち着けて考えられることもあるのかもしれない。
焦るな——田島は自分に言いきかせた。

一時間後、恵美からさっそく連絡があった。田島は日比谷《ひびや》の定食屋を出たところで、電車が轟音をたてながら頭上を走り抜けるのをジリジリとした気持ちで待った。

「早かったですね、なにかわかったんですか」

『いや、これといって。記録なんて基本情報しか残っていませんでしたよ。でも随時報告と言われていたので、なにもないってことを報告します』

諦め口調で田島は言った。

「そうですか、了解しました」

『それで確認なんですけど、人物像の特定が目的なんですよね』

「まあそうですね」

『それなら記録だけ見たってダメっすよ。実際に聞いてみないと』

「しかし、聞いて回れば誰かに嗅ぎつけられる可能性もある」

『誰かって、原田さんっすか』

「そんなわけはない――」

『とは言えないですよね。田島さんは確証が持てることしか言わないですから。いままでも希望的観測や情に流されるようなことは頑として言わなかったですもんね』

刑事はそうあるべきだと思っていた。だが、それとこれとは違う。原田がどんな人間かわかっているからだ。だから、これは希望的観測でも情けでもない。

しかし、そんなことをここで言っても仕方がない。他者から見たら、そんなのはなんの足しにもならないだろう。

「では、報告ありがとうございました」

『報告はどんなことでもでしたっけ？』

これは新手の嫌がらせだろうかとも思った。いちいちなんでもないことで報告されても困るが、そう言えば極端にしなくなるような気もした。

「なにかほかにもあるんですか」

『いや、ＳＡＴの隊長と話をしようかと思っていたんですが、他の誰にも聞くなというのなら仕方ありませんね』

「えっ、SAT隊長って、倉井の上司……？」

『そりゃそうです』

なにを当たり前のことをという声だった。

『浜村信也《はまむらしんや》警視。正確に言うと、倉井の元上司です。いまは警備一課の情報四係に異動されていますけど』

恵美はもともと斟酌《しんしゃく》することなくどんなコミュニティにも首を突っ込むタイプではあったが、そのコネクションがSATにまで及んでいたとすると、それはそれで恐ろしい。

「直接、話が聞けるということですか」

『それが一番早いじゃないですか。当時、倉井と最も長い時間を過ごした人物で、倉井自身も最も信頼を寄せていたでしょうから。SATは命をかけた運命共同体ですからね。どこかの刑事のコンビみたいな上辺だけの付き合いとはえらい違いです』

喉に小骨が刺さる思いだったが、ここでそのことを蒸し返すのは正しいタイミングではないだろうと判断し、話を戻す。

「毛利さんはSATにも知り合いが？」

『いませんよ、そんなの』

「じゃあどうやって」

『あたしは、ひとを選ぶ田島さんと違って顔が広いんです』

ここではっとした。

恵美はある幹部とコネクションを持っている。しかも、恵美に対して引目を感じている幹部が。

「まさか、西村《にしむら》さんじゃないですよね」

西村警視は現在、捜査一課に十三名いる管理官のうちの一人で、警視は全職員の2％しかいないエリートである。それなのに、なぜか関わりをもってしまったのが恵美だ。きれいな別れ方だったと聞いてはいたが……。

『だったらどうなんです』

やや角の立った声に、田島は我にかえった。

「隠密行動って話はどこにいったんですか。そんなこと頼んだら、原田さんにも筒抜けになるかもしれない」

『大丈夫、黙ってろって口止めしたから』

ああ、たしかに恵美に口止めされたら、西村的にはそうせざるを得ないかもしれない。やっかいな女と関係を持ってしまったものだ。

「それで話を聞くのはいつですか」

『これからですよ』

「どこで」

『新木場《しんきば》です。術科センターにいるってことなので』

「ちょっ、それを早く言ってください。いまどこですか。私も行きます」

『ちょうど出るところです。田島さんは日比谷でしょ？　じゃあ地下鉄の有楽町《ゆうらくちょう》駅集合で』

田島は思わずあたりを見渡した。

「また尾行しているんですか」

『またってなんですか。するわけないでしょ。さっきからガードの音がうるさいし、田島さんはいつも同じ店にしか行かないから、ワンパターンなわけです。見え見え。では、十分後に有楽町線のホーム、前から二両目で』

いつものとおり、一方的に通話は切れた。

いまいるところから地下鉄有楽町駅までどれくらいの時間が必要なのか正確には

わかっていなかったため、田島は足早に歩き、ホームに駆け下りたのは七分後のことだった。

まだ恵美の姿はなかった。桜田門駅から一駅なので、次にくる電車だろうとしばらく待った。しかし、降車してくるひとの波のなかに恵美の姿は見えず、それから三本目の電車の中に、ようやくその姿を認めた。

恵美に悪びれる様子はなく、グッドタイミング、とでも言いたそうだったので、ひょっとして自分は聞き間違いをしてしまったのか、そもそもなんの十分後なのか確認しなかった自分が悪いのだろうかと考えてしまう。

「タクります？」

思考の沼にはまっていた田島に恵美が言った。

「え？　なんです？」

「いや、新木場駅から術科センターまで。一キロ以上ありますよ」

「先方へのアポは？」

「午後ならいつでもいいって言われてるんで」

「じゃぁ、歩きますか」

「知ってます？　木場って道がだだっ広いし、倉庫街で高い建物がないから、直射日光がビンビンなんです」

「知っていますよ。半年前に射撃訓練を受ける際に行きましたので」

「今日は猛暑日ですって」

「夏ですからね」


警視庁術科センターは、江東区《こうとうく》新木場に設けられた施設で、併設された武道館は警視庁関係者だけでなく一般の武道大会も行われることから広く親しまれている。

しかし、いま田島がいる施設は射撃訓練など銃器を扱う性質上、一般に公開されるのは稀だ。特にSATがどんな訓練をしているのか公開することは、テロリストに手の内を晒《さら》してしまうことにも繋がるため、田島であっても正当な理由なしに見学などできない。

「ああ、お待たせしてすいません」

一階のソファーに座っていると、長い廊下の先から肉付きのいい男が早足でやってきた。

「浜村です、こんなところまでわざわざすいません」

階級はふたつも上なのに、浜村は腰が低かった。

白ごま頭に銀縁メガネ、口髭と顎先の整った髭にも白いものが混ざっていた。

「こちらこそ、お忙しいところ申し訳ありません」

浜村が着席するのに合わせて、田島は腰を下ろした。

「おや、冷房がちょっと弱いですかね」

浜村は汗だくの恵美を気遣うように言った。

「いえいえ。この炎天下、駅から紫外線を浴びながら歩いてきただけですので」

「あ、はあ」

戸惑いの表情を浮かべる浜村に田島は、構わないでください、と笑みを浮かべて見せた。

元SAT隊長と聞いていたので厳《いか》つい人物を想像していたが、浜村は酸いも甘いも嚙み分けたような落ち着いた雰囲気を漂わせていた。

「当時は毎日が緊張の連続でしたが、もう隊を離れて五年になります」

浜村はそう言った。

「一度、所轄署に異動したんですが、警備部が人手不足で、戻ってきたのが二年前。いまは情報係にいて訓練の立案や実施に向けた準備を担当しています。ここ最近は来月から行われる突入訓練のための設備をつくっているところです」

オフィスや住居などを模した施設をつくっているのだという。

それから二分ほど世間話を挟んだ。一線を退くと角がとれて丸くなるのか、話しやすい人物で、「最近の若い隊員からは〝いじられ〟て困るんです」と頭を掻いた。

「それで、今日は倉井のことについてお聞きになりたいと？」

「そうなんです。どんな方だったのか知りたくて」

「どうしてまた？」

「詳細にはお話しできなくて申し訳ないのですが、ある事件に関わっている可能性がありまして」

浜村は田島の名刺に目を落とし、神妙な表情になった。

「捜査一課の方が来られたということは、あまりよくないことのようですね」

肯定も否定もできず、田島は両膝に拳を置き、頭を下げた。浜村も警察官だ。それで意図を汲んでくれたようだった。

「倉井は、ひとことでいえば、バカがつくほど真面目な男でした。寡黙で人付き合いはいいとは言えませんでしたが、黙々と任務をこなす姿は一目おかれていましたよ。SAT隊では狙撃班に所属していました。ドアを蹴破って突入する荒々しさというよりは精密な仕事を着実にこなすタイプの狙撃手は、性にあっていたんでしょう。配置につけば何時間でも同じ姿勢で岩のようにじっとしていました」

「射撃の腕はどうだったのでしょう」

「それは、間違いなく一番でしたよ。オリンピックに出しても恥ずかしくない」

なるほど、と頷いてメモ帳をいったん閉じると、田島は聞いた。

「婚約者の方を亡くされたんですよね」

浜村は渋面をつくった。それから深いため息を吐いた。

「ええ。あれは……酷《むご》い事件でした」

「倉井さんは、さぞかし気を落とされたんでしょうね」

「それはもう……見ているこちらも辛かったですよ。ある日――あれは事件から二日後だったかな。辞表を持ってきましてね。私は一旦預かることにして、休みを取るように言ったのです。それで希望の部署があったらどこへでも行けるように力になると」

「しかし、結局は辞められたんですよね」

「ええ。彼が受けた精神的な衝撃は、想像以上でした。いちど、彼のアパートを訪ねたのですが、心神喪失状態で、職場復帰どころか人間として再起できるか本当に心配したくらいです」

「そんなに……ですか」

「実は——」

浜村は一度、窓の外の緑に目をやって、それから深く、長く、重いため息を吐いた。

「妊娠していたんですよ、婚約者が」

田島は息をのみ、となりの恵美は天を仰いだ。

「まだ妊娠初期で、体調も不安定だったから、他のひとには言っていなかったんです。どうなるかわからないからって。私だけにね、教えてくれたんです」

背中を丸めた浜村は、口元を手で覆ったが、深いため息は止められなかった。

「それは、辛いですね」

陳腐な言葉に思えたが、他に思い当たらなかった。

「ほんとに、酷い話です。たまたま商店街でただ買い物をしていただけなんです。それでヤクザの抗争に巻き込まれるなんて。そんな運命ありますか。なにも悪いことなんてしていない」

運命——ふと父の姿が頭を過《よ》ぎる。運命を信じない父の死を尊重すると、その原因をつくったのは自分だ。自分が父のルーティーン、つまり生き方のリズムを崩してしまったからなのだ。

運命で片付けてしまえば、田島自身は救われるが、それはそれで懸命に生きてきた父の努力や信仰心、徳などはすべて無駄なことなのだということになりそうで容易には受け入れられなかった。

浜村の声に、田島は我にかえった。

「でもね、因果応報っていうんでしょうかね。双方のヤクザはお互いにお互いを潰《つぶ》しあった。警察官としては言ってはならない言葉かもしれませんが、よかったと思いましたよ。まあ、気は晴れませんがね」

愛する婚約者と、生まれ出るはずだった我が子を失い、心神を喪失までした倉井はそのまま姿を消し、それ以降、連絡はとれなくなったということだった。

「あの」

浜村が聞いた。

「倉井がなにに関わっているのかは知りませんが、もし会えたら、『もう終わりにしろ』と伝えてもらえませんか」

「それは、どういう意味なんでしょうか」

「あいつ、罪を犯しているんですか」

浜村の目は、これまでの柔和な眼差しではなく、往年の兵士を思わせるような、厳しさに満ちたものだった。

しかし、田島がなにも言えないでいると、表情をふっと弛緩させた。まるで子を思う親のようだった。

「あいつは、あの事件以来、ずっと形のないものに追われているんだと思います。だから、あなたたちが倉井を追い詰めた時、最後の最後まで抵抗して、とんでもないことをしてしまうかもしれない。ひょっとしたら、あなたたちを巻き込んでしまう。それが怖いのです」

浜村は気付いているようだった。詳細はわからなくても、倉井がなにか大きなことを企てていることに。


術科センターを出ると、駅に向かって歩いた。倉井のことを考えていて、恵美がいることを半分忘れていた。

「誰のおかげなんでしょう」

「は？」

信号待ちで大型トラックが熱風を巻き上げながら通り過ぎ、恵美は全てを投げ出したいとでもいいたげな表情になった。

「ええっと、そうですね。毛利さんがアポをとってくれたおかげで、話を聞くことができました」

「こんなに暑い思いをするなら、アポなんてとるんじゃなかった。電話でいいじゃんってことですよね。ただでさえ謹慎中の刑事に協力しているのに」

ずいぶんと機嫌が悪そうだ。

「えっと、ガリガリ君、食べます？」

恵美の目が光った。

「駅にコンビニがあったでしょ。おごりますよ」

「珍しいですね。田島さんがおごってくれるなんて」

実際、その通りだ。

「安い女って思わないでくださいよね」

「思ったことないですよ」

いままで芯《しん》が通っていなかったような恵美の足取りが、急に力強くなった気がした。

駅のコンビニに到着すると、恵美はアイスボックスに頭を入れる勢いでガリガリ君をまさぐり、田島が会計をしている間には袋を開けながら外に向かっていた。

木陰でアイスをむさぼっていた恵美が、痛い痛い、と言いながら、こめかみを押さえる。

「でもなんか、倉井って可哀想な男ですよね」

「確かに、同情するところもありますが、過去がどうであれ重要参考人には違いありません」

田島はガリガリ君の袋を開けたが、わずかな時間なのに、うっすら溶けてべとついていた。

「もちろん、それとこれとは別ですけど。でも世の中、理不尽だなって思って。婚約者のひと、かわいそう過ぎる。お腹の子供をなんとしても守ろうって思っていただろうけど、どんな気持ちで亡くなったのか想像したら……」

声を詰まらせた恵美は、涙目になっていた。

「だって、たまたまそこを通りかかっただけなんだよ」

それは同感だった。

言葉を探していたが、なかなか見つけられず、気づけば溶け出したアイスのシロップが指先を濡らしていた。

「でも現実は、そういったことはたくさん起こっています。抗争にしろ通り魔にしろ、場所を選びませんから。いいひとは幸せに長生きして、悪人は懲らしめられる。我々はそんな世の中にするためにいます」

「刑事は事件が起こってからしか動けないけど」

そこはジレンマがあった。警察の力が犯罪の抑止力として作用するには限界がある。

だからこそ、と思う。

「次世代監視システムは、ゲームチェンジャーなのかもしれません。犯罪を未然に防げるようになるのはまだ未来の話かもしれませんが、いつか、そんな日がくると希望を持っても罰はあたりません」

我々は、我々がいまできることをひたむきにやるしかないのだ。

ふたりは再び有楽町線の電車に乗った。恵美は桜田門で降りるが田島はひとつ先の永田町で半蔵門《はんぞうもん》線に乗り換える。

「ではお疲れ様でした」

桜田門駅に接近し、スピードが落ちはじめたところで恵美は立ち上がった。

「田島さんはまっすぐ帰って自宅でおとなしくしていてください。なにかあったらすぐに連絡しますので」

「お願いします。何時でも構いませんので」

電車がホームに滑り込んだ。ドアに向かって足を踏み出した恵美に言った。

「今日はありがとうございました」

恵美がこの世の果てを見たかのように目を丸くした。

「なんですって？」

「いや、毛利さんの人脈のおかげで話をすることができました」

「珍しい、いや、初めてですね。礼を言われるの」

「そんなことないでしょ」

ふーん、と言いながら開いたドアに向かった。

「ガリガリ君ごちそうさま」

その言葉が耳に届いた直後にドアは閉まった。

再び電車は動き出し、田島の思考は倉井に回帰していく。

八木が捉えたドライブレコーダーの画像。サングラス姿の倉井は、想像とは違う人物だった。

そして、ますますわからなくなった。

なぜ乱射事件を……、なぜ遠藤を射殺し、そしてなぜテロを起こそうとしているのか。彼の辛い過去と関係があるのだろうか。

そんなことを考えていたら、渋谷に着いた。

恵美には自宅で大人しくしていろと言われたが、今日は寄り道をする日だ。

スポーツバー『プラトー』のカウンター席に座る。いつもの端っこの席だ。店員が置いていったメニューを開きながら周囲を窺うが、芽衣の姿は見えなかった。

今日の六時と言っていた気がしたが、聞き間違えだったのだろうか。それとも午後ではなく午前だったのか？

メニューに目を落としながら、店員に芽衣のシフトを聞いてみようかなどと思った。

今日のスムージーはキウイベースか……。

注文しかけたところで思いとどまった。

今日、ここに来たのは芽衣と話がしたかっただけで、スムージーが目的ではない。倉井の話を聞いたからなのか、心がざわついてしかたがなかったのだ。芽衣と話して、気持ちを落ち着かせたかった。

やはり店を出ようかと田島がカウンターを離れた時だった。

「ああ、田島さん」

芽衣が肩からかけたタオルで額の汗を吸い取らせながら笑っていた。

「あ、こんにちは。今日はバーの日じゃなかったんですね。時間を間違えちゃったかな」

「いえ、時間は合っていますよ」

芽衣は壁の時計を見上げる。

「わたしのクラスがちょっと押しただけ。軽くシャワーだけ浴びてくるので、外で待っててもらってもいいですか」

はあ、とうなずいて店を出たものの、状況を理解できないでいた。バーではなく外? 自分はやはりなにかを間違えてしまったのだろうか。

ほどなくして芽衣がやってきた。私服姿を見るのははじめてだったのと、ジムの裏手からビルを回り込んで出てきたので、彼女が目の前で微笑みかけるまでわからなかった。

「お待たせしました」

普段は髪を後ろでまとめているが、いまはおろしている。思ったよりも長く艶《つや》のある髪だった。白地のストライプのシャツに、同じく白地のフレアスカートには紺色で葉がプリントされていて、夏らしいコントラストの強いコーディネートだった。

「ほら、いちおうお客さんだから、一緒に出るとなにかとうるさいでしょ」

ここでようやく気づいた。二日前に、田島が芽衣に空いている時間を訊いて言われたのは、彼女の仕事終わりの時間であり、つまりデートに誘ったようなものだったのだ。

田島は何事にも事前準備を怠らないのだが、不測の事態に陥ってしまうとパニックになってしまう。

「すいません」

わけもわからず謝った。

すると芽衣は、小さく俯くと、上目をよこしてきた。

「あのお。ひょっとして、わたしはなにかを勘違いしていたのでしょうか」

田島の挙動不審がへんに気を回させてしまったようだ。

「いえ、そんなことは……」

言いかけた言葉をひっこめた。

「いや、実はそうなんです。バーでお話をするだけのつもりでした。でも僕の言い方がよくなかったのでしょう。わざわざ外に出てきてもらうなんて。誤解させてしまってすいません」

芽衣は田島が話す途中から、ふんわりと握った拳を口元に当てて肩を震わせていた。

「田島さんって、正直な方なんですね。ただの潔癖症なだけではなかったんですね」

「あ、いえ、その、なんとなく気持ち悪くて」

「わたしの知人にもそんなひとがいたから、なんとなくわかります」

「すいません。あそこでスムージーを飲みながらあなたとお話をしていると、気持ちが軽くなるところがありまして。ジム会員を退会しないのも、そのためです。ただ、僕は人付き合いが苦手というか、相手に距離を取らせてしまうところがあるようで」

恵美がそうだ。はじめは、恵美は非常識な女で警察社会というものを理解していない、故に自分は彼女に対して苦手意識を持っているのだ、と思っていた。

いや、実際にそのきらいはあるが、最近になって思うのは、自分の性格も同じように他の人の基準からかけ離れているかもしれないということだった。

個性と言えば聞こえはいいが、ひとりよがりと紙一重だ。

「だから、あなたと話すのは嬉しい反面、そう思うのは僕たちの間にあるカウンターの存在が大きいのではないのかと考えたりもしました。なんの隔たりもないところだったら、その、緊張するというか」

芽衣はアイライナーがなくても大きく見える目をくるりと回し、田島に戻した。そして破顔した。

「わたしに襲われるかもしれない、ですか？　猛獣が柵を乗り越えて、みたいな」

ケタケタと少女のような笑い方だった。

「あ、いえ、あなたにまで嫌われてしまわないかという心配です」

田島は慌てて付け加えた。

「カウンター越しであれば、僕がどんなにつまらない男でもお話には付き合ってもらえるという安心感があったのだと思います。お仕事ですから」

芽衣は頭をやや後ろに反らせ、頬を膨らませてから、ルージュすら引いていない、やや厚みのある唇から息を吐き出した。

「そんなにつまらないひとなんですか？」

「え？」

「そんなふうには感じなかったけどなあ。普通に楽しかったし」

「すいません」

「だから、なんで謝るんですか」

気を遣わせたような気がしたからだ。

「じゃ、あっち」

芽衣が指さしたのは桜丘町の坂の上。まっすぐ行けば代官山《だいかんやま》に抜けられる。

「『吉田ファーム』っていう最近できたサラダバーがあるんです。とはいってもワインやチーズなんかもあるのでよく行くんです。どのみちわたしはそこで食事をするつもりだったので」

じゃ、と言って背をむけた芽衣の後を追おうと決断するまで、一秒もかからなかった。

それは常日頃、論理的思考の果てに決断を下す田島にしては珍しく、直感での行動だった。

9

「んで、芽衣ちゃんとは、昨日はどうだったんですか」

唐突に恵美が言った。

自宅の最寄り駅である二子《ふたこ》玉川《たまがわ》駅近くの、カウンターしかない小さな喫茶店。昭和から時を止めてしまったかのような佇《たたず》まいが好きで、田島は常連だった。

本当は、特に恵美のような声が大きくて無口は罪だと思っているような女は連れてきたくはなかったのだが、駅構内のカフェやファストフード店は軒並み学生たちで賑《にぎ》わっていたから仕方がなかったのだ。

「昨日って、なんのことですか」

田島は水出しコーヒーを口に含んだ。抽出に二十四時間もかけるこだわりのコーヒーだ。カウンターの奥、マスターの後ろには、次の二十四時間のための抽出が静かに続いている。

チェーン店よりも割高なコーヒー価格には、この静かな空間を味わう対価も含まれていると思っている。それなのに、恵美の声は鼓膜を高周波で震わせる。

「だってさ、昨日、言っていましたよね。倉井の件でなにかわかれば何時でもいいから連絡しろって。それなのに着信拒否を五回も犯し、その挙句にこれ」

恵美が自身のスマートフォンを向けた。

『報告は明日聞く、朝九時に二子玉川駅で』

田島が送信したメッセージだ。

誘導には乗るまいと思いながら、またコーヒーに口をつける。

「これって、いまは取り込み中だから邪魔するな、って意味ですよね。このタイミングで田島さんに連絡したら倉井の件だとすぐにピンとくるはずなのに、それをシカトした。謹慎中の田島さんがもっとも気にするであろう『水元公園乱射事件』に食いつかないのは親族になにかあったか、女かのどちらかです。でも親族の件なら反応するはず。業務に関わることなので報告義務があるからです。残された可能性は女、そして女性との交友関係が極端に少ない田島さんにとってみれば、それは芽衣ちゃんしかいません」

ノリのかかったシャツに蝶ネクタイと黒ベストという昔ながらのスタイルのマス

ターが苦笑していた。

田島はマスターに軽く頭を下げ、恵美に向き直る。

「確かにちょっと取り込んでいましたが、午後八時の着信を最後に、その後は電話がなかったので緊急ではないと判断したんです。それで帰るときにメールしたんです。十時くらいでしたから、電話するのは控えました。それで、倉井がどうしたんです」

恵美は聞こえないふりをして、自身が注文したアールグレイをすすった。昨日のことを話さないと先に進まないという意思表示に違いない。

本来、田島は冷静沈着な男だが、恵美と出会ってからなんど舌打ちをしたかわからない。そのカウントをひとつ追加して、まったく、と聞こえるように呟いた。

「確かに昨日は芽衣さんといました。ジムで待ち合わせして、渋谷のサラダバーに行きました。ワインと生ハムがおいしいお店だったので、夜の十時までそこにいました。渋谷駅まで送って、彼女はバスで帰りました。以上です」

「それだけじゃないでしょ」

「はあ？」

「田島さんが嘘をつけない人間というのは知っています。ただ、言わないことはよくあります。でしょ？」

「なにかを隠しているとでも」

「ええ」

当然でしょ、と小刻みに頭を振った。

「ラインを交換しました」

「え、あたしともしてないのに？」

「毛利さんとは毎日会うのですから必要ないでしょう。貸与された携帯電話もあるし」

「それで。他には」

「それくらいです」

「隠すな。彼女にどんな感情を抱いたのよ。言ってみんさい」

「なんでプライベートなことまで言わなきゃならないんですか」

「なんで謹慎中の指導役のために命令違反の危険をおかさなければならないんですか」

ぐうの音も出なかった。

最近、嫌な女に磨きがかかっている。田島は舌打ちのカウントをまたひとつ追加した。

「昨日は本当に食事だけです。女性として惹かれたのは確かですが、だからといってこの先進展するわけではありません」

「なんで」

「彼女は刑事の枠組みにはめ込むようなひとではない。純粋でまっすぐなひとです」

「どうせあたしは純粋でまっすぐでなくてすいませんね。それと？」

「それと？」

「潔癖な田島さんがそんな抽象的な表現をするわけないじゃないですか。そんな時ってたいてい――」

「ふられましたので」

恵美の目が好奇に光る。

「ほほう。なにをやらかしたんです。いきなりホテルでも誘いま――」

「子供がいるからですよ」

田島は食い気味に言った。

「シングルマザーなんです」

どうしてそんなことまで恵美に言わなければならないのだと思う反面、聞いて欲しかったのかもしれない、とも同時に思う。

芽衣は、はじめの乾杯のあとに言った。ひとつの事実、そして自分が生きている最大の理由のひとつとして、晴れやかに教えてくれたのだった。

いまは実家に身を寄せて、仕事をかけもちしているという。

恵美は数手先を読んだように、ああ、と失望の色が混ざった声で言った。

「なんだ、田島さんは結局そっちのひとか。潔癖主義だもんね」

「そっち、ってなんですか」

「前に、自分でも言っていたでしょ。潔癖といってもいろいろあって、自分は順序や規則にこだわるって」

「そうです。だから毛利さんの、組織や上下関係を無視した傍若無人さにも大いに苦痛を味わっています」

これは本気だった。

「だからですよ」

「はあ?」

「恋愛対象に子供がいるのは順序に反するじゃないですか」

「そんなことはありませんよ。あくまでもひとを見るときは、そのひとの生き方や考えかたが重要なのであって」

本当にそうなのか、と自分に問うた。子供がいると聞いたとき、動揺したのではないか。

〝みんなそんな顔をします〟

そう芽衣に言われたときの感覚は、決して良いものではなかった。

〝だって子供の性別とか年齢をきかないもの〟

「いえ、ちょっとびっくりしただけで」

慌てて繕ったものの、実際にそうだったのかもしれない。自分は他の男と同じなのだ。懐が狭いだけの、男なのだ。

〝やっぱりカウンター越しの方が、いいのかもしれませんね〟

芽衣はそう呟いて、しかしそれでも笑みを向けた。

〝でも、話して楽しいならそれだけで意味があることですよね。だから、これからもよろしくお願いします〟

そう言って笑った。

あれはどういう意味だったのか。少なくとも拒否はされていないと思っていいのだろうか。

しかし、もしそうでなかったとしたら、ノコノコとまたあそこを訪れた時に、社交辞令も通じないのか、と呆れられないだろうか……。

「はいはい、わかりましたよ。そんなマジに考え込まれるとこっちがびっくりする」

恵美の声にはっとして、自分が頭をカウンターにつきそうなくらい下げていたのに気づいた。

「でだ。サイバー対策課の稲原くんなんすけど」

急に空気のある場所に戻ってこられた気がして深呼吸する。

恵美はこれ以前にいかなるやりとりもなかったとばかりに話を進めた。

「彼に頼んでみたんですよ」

「なにを？」

「倉井の行方探し」

「どういうことです」

「その新しいシステムって、横断的に様々な監視カメラ映像をチェックしているんですって。だから、引きこもりになっていないかぎり、どこかのカメラに捉えられるかもしれない。ま、実験段階のシステムですから期待はできませんよ。現に水元公園では検知できなかったのですから。昨日の電話はこのアイディアについて意見が欲しかっただけなんですけどね。ほら、〝なんでも〟〝何時でも〟連絡しろって言ってたから」

田島はうなずいた。反論するのも疲れる。

「いい判断です。確かに、ＡＩ技術は発展途上なのかもしれませんが、それでも聞き込みをして回るよりは効率的かもしれない。しかし……」

懸念もあった。

「原田さんですよね。同じ委員会だからシステムを特定の人物捜索に使えば話が通じてしまうかもしれない。でも大丈夫、稲原くんには口止めしているので」

恵美の口止めの効力はどれほどのものなのかわからないが、いまは信じるしかない。

「田島さんの謹慎明け、明日でしたっけ」

「そうです、そしたら――」

「下手に動かないでくださいよ。ただでさえ目をつけられているんだから」

田島は思案する。

「それなら囮《おとり》になりましょう。私に目を向けさせている間、毛利さんに存分に調べてもらう」

「オッケー。いいですね」

「いずれにしろ、急がないと」

田島はマスターが気を利かせてカウンターの隅に移動するのを見て、さらに声を潜めた。

「榊原巡査の告白が正しければ、倉井はさらに大きなテロを考えている。それを止めないと」

「ラジャ」

恵美はカウンターチェアから飛び降りるようにして立ち上がると、ごちそうさま、と言い残してドアに向かった。

だが、ドアノブを摑んだところでくるりと振り返り、大股で田島の真横に立った。覆い被さるようにして言う。

「順序がどうだってのよ、バカ」

吐き捨てて喫茶店を出て行った。入れ替わりに吹き込んできた熱風が、恵美が残した熱量のように思えた。

自分は、怒られた、のだろうか。

10

謹慎が明けた。人生初の経験だったため、久しぶりの登庁には未体験の緊張があった。

実際のところ、謹慎を食らう刑事は他にもいる。それどころか、謹慎のひとつやふたつ食らっていた方が、箔《はく》が付くと思っている荒くれ者もいる。

しかし田島は傷をつけない男を通してきた。経歴でも、持ち物でも。

そこでハッとなる。

自分は芽衣に対してどう思っていたのだろうか……。子供がいると聞いたとき、〝傷〟だと思ったのではないのか。だとしたら軽蔑《けいべつ》されるべきことだが、そのときの自分の気持ちがどうだったのか、なぜか思い出せない。

あらゆる答えを用意してから会話に臨むのが田島のコミュニケーションスタイルだが、あまりに予想外で言葉に詰まり、そのことに焦っていたからかもしれない。

エレベーターのドアが開き、工場の製造ラインに送り出される部品のように、無意識に廊下を進む。途中、何人かの知り合いとすれ違った。挨拶《あいさつ》が軽いのは、普段から変わらない。田島にリアクションなど求めていないからだ。

ひとたび事件となれば捜査で外に出っ放しということは多々ある。数日顔を見なかったからといっても、たいしたことではないのだろう。

「よう」

席に着くと、八木がいつもと変わらぬ反応をした。

「先輩、おはようございます」

木場も普段通りだ。

そして目の前の空席の主を待つこと二十分。

「まったくもう」

最後に恵美がきた。挨拶代わりに文句を放つのもいつも通りだ。

「焦って、走って、ぶつかって。みっともない」

どうやら、駅を出たところで走ってきた男にぶつかられたようだ。

「だいたいさ、遅刻するのがいやなら、どうしてあと五分早く家を出られないのかって話でしょうよ」

恵美が言っていること自体はもっともなのだが、それならどうして恵美もそうできないのか。

「遅刻ですよ、毛利さんも」

「あたしに走れと？　怪我でもしたらどうするんです」

「あと五分早く家を出たらいいのでは」

「トイレに行っていたんです。着席するのが遅れたのはそのせいです。仮にトイレに行かなければ定刻通りにここにいたと思いますが、そのあとでトイレに行くので結局同じことですよね」

そんな理屈に付き合っている場合ではないのだが、いつも通りということが、いまは心地よかった。

「毛利さん、例の件、よろしくお願いします」

恵美は次世代監視システムで倉井を追うことになっている。原田に悟られないよう、水面下でだ。

「はーい、よろしくでーす」

恵美は自分のデスクに積んでいた書類を田島に向かって差し出した。

「ギブアンドテイク。田島さんは自分に引きつけるのが仕事なんですよね、書類仕事も」

苦々しく思いながらも、ここで田島が動けばまた目をつけられてしまう。

書類の束を受け取り、机に落として角をぴったりと合わせてから脇に置いた。その様子を八木が意外そうな目で見ていたが、あえてなのか、それとも関わるとろくなことがないと踏んだのか、言及することはなかった。

いまは粛々と目の前の作業をこなすことだけを考えた。

すべては、倉井の存在が鍵だ。


田島の携帯電話が鳴ったのは、夜の七時を過ぎたころだった。

ひととおりの書類作成と、経費精算が終わった。恵美の分も含まれていたため、普段よりも時間がかかってしまった。

新橋のサイバー犯罪対策課に詰めているのか、一日中空席だった恵美の机を見ながら、そろそろ帰ろうかと思ったところだった。

『ちょっと、来てください』

開口一番、彼女はそう言った。

「来いってどこに？　新橋？」

『違います、一階の食堂です』

「なぜに食堂？　腹は減っていませんけど」

『いいから。はやく』

そして通話は切れた。

警視庁一階にある職員食堂は広い。席数も五百近くある。これが昼時ともなれば満席になってしまうほどなのだが、いまの時間はひともまばらで、隅のテーブルにいる恵美たちの周りには誰もいなかった。

恵美の横にいた稲原が立ち上がって頭を下げる。

「すいません、こんな時間に」

「ぜんぜん大丈夫よ」

稲原が言ったことに、なぜか恵美がフォローした。

「こんなところでどうしたんです、新橋かと思っていましたが」

「はじめはね。でも評価委員の連中が来ちゃったから、こっちに避難してきたの。

ここは意外と内緒の打ち合わせにいいんですよ」

「内緒ならデスクでもいいでしょうに」

田島は階上を指差した。

「他の刑事にも聞かれたくない話なんですよ、これがまた」

「なにかわかったんですか」

ここで恵美は、稲原を見やって発言を譲った。

「新システムを使って倉井の行方を追っていたのですが――」

田島は辺りを見渡し、誰もいないことを確認して稲原に向きなおった。稲原はそれを待って続ける。

「東基研の監視システムで反応がありました。北《きた》区東十条《ひがしじゅうじょう》です」

稲原は持っていたラップトップコンピューターの画面を田島に向けた。いくつかの監視カメラ映像が横断的に映し出されていて、稲原が細い指をキーボード上で踊らせると、映像が選別されて四つに区切られた画面に表示された。

「これって……その、新システム？」

「そうです。東基研が開発したものになります」

「えっと、詳しくなくて申し訳ないんだけど、これが、そうなの？」

田島は手のひらを上にしてコンピューターを示すが、稲原は質問の意味がわからなかったのか、眉根を寄せた。

田島もどう説明すればいいのかわからなかったが、恵美が、ああっ、と呆れたような声を上げた。

「ひょっとして、これが次世代監視システムだと思ってません？」

「違うのか？　だって、画面が出てるし」

稲原も合点したようだ。手を大きく左右に振った。

「次世代監視システムの本体は離れたところにあります。このパソコンはそこにアクセスしているだけなのです」

「ああ、なるほど。ごめん、ごめん。そのへんで売っていそうなパソコンだったから。えっと、じゃあ話を戻してもらえるかな」

恵美は、どうもすいませんねえ、と子供の不手際を詫《わ》びる親のような顔を稲原に向ける。田島はバツの悪さを感じながら背筋を伸ばした。

「倉井の写真および動画から得られた歩行の癖等をＡＩが学習し、見つけ出したのがこちらです」

目まぐるしく画面が展開していく。なにが起こっているのかはわからなかったが、さまざまな街の風景がいくつも重なっていく。表示されていた地図には色とりどりのピンが立っていき、特定のエリアが赤く染まっていく。

そしてビデオウインドウがズームアップされた。人ごみの中を歩くひとりの男が赤色の枠で囲まれている。

「顔は映っていませんが、身長や歩き方から倉井の可能性が高いと判断したものです」

「すごいな」

率直な感想だった。

「でも、これだけで倉井だと判断してもいいんだろうか」

田島本人は倉井を見たことがないので、判断がつきかねた。

すると稲原はなんども頷いた。

「そのお気持ちはわかります。もちろんこれで終わりではありません。同じくらいの可能性を持った人物は他にも映っています」

そう言って地図上に指を置いた。

「いろんな色のピンが立っているのがそれです」

倉井の可能性がある人物が都内全域にピンで示されている。それも時間と共に、現れたり消えたりを繰り返していた。

「この段階では、可能性を持った、ただの点でしかありませんが、それらを追えるだけ追っていきます。移動方向を推測し、その先に別のカメラがあれば、それの映像を確認します。そうやって、どこから来て、どこに行ったのかを徹底的に追跡し、多角的に人物像を捉えることによって、可能性を絞り込んでいくわけです」

ここで恵美を見やった。

「ちなみに、ターゲットが移動した先にある防犯カメラがネットにつながっていない場合は、直に行ってデータをもらってきて検証させます。それは毛利さんが走り回ってくれました」

それで一日中、不在だったのかと納得する。

「それで、ここを見てください」

稲原の人差し指が東京都北区あたりをさした。そこにもピンが立っていたが、他と違うのはそのピンに向かって、いく筋も線が伸びていたことだ。

「これは？」

「可能性が高い人物が、このあたりで多く確認されているということです。この線は、その人物の軌跡になります」

「では、他で目撃された人物よりも、倉井である可能性が高い？」

「その通りです。そして、その人物の映像がこちらです」

数多くのウインドウが表示される。顔が映っていないものが多いが、ひとつ、正面を向いているものがあった。

「倉井だ！」

田島とて写真でしか知らない相手だが、どこか、一般人には感じられない雰囲気がある。これは元ＳＡＴ隊員だという先入観がそう思わせるだけなのだろうか。

いや、違う。

「こっちの映像を大きくできますか」

乱射後、現場を立ち去る時の歩き方とよく似ていた。周囲に油断なく鋭い視線を配っているような行動は、一般人では見かけない。それが自然と現れている。

「ここまでできるのなら、逃げ場はないな。これはいつの映像？」

「東十条については、一週間前くらいからの映像データを得ています」

次々と切り替わる映像には、ジーンズに白シャツという出立《いでたち》の倉井が映っている。

「こっちは？」

「四日前ですね」

二メートルほどのパイプ状のものを担いで歩いている。

「近くにホームセンターがあります。そういえば別の日も……」

映像を切り替えた。

三日前の映像には両手にビニール袋を下げているが、たしかにホームセンターのロゴのようなものが見えた。

「軌跡が東十条に集中しているということは、そこに住んでいるということなのだろうか」

「その可能性はありますね」

「場所の特定はできますか？」

「パターン解析にもう少し時間がかかりますが、できると思います。ただ……」

「うん？」

「やはり最後は刑事の足ですよね。デスクワークの僕が言えたことではありませんけど」

田島は大きくうなずいた。

「ああ、そうだね。ただ、相手はただものじゃない。我々の手の内を知っている男だ。中途半端な情報で下手に動く前に、万全を期したい。どうかよろしくお願いします」

「了解しました」

「あと、このことなんだけど」

「はい、心得ています」

稲原は口にチャックを閉めるような仕草をして見せると、ラップトップコンピューターを小脇に抱えて立ち上がり、苦笑した。

「うっかり口を滑らせでもしたら、毛利さんからなにをされるかわからないんで」

そう言って背を向けた。

稲原が食堂を出るのを見届けて、恵美は田島を窺った。

「どうするんです?」

「なにをです」

「そろそろ情報を上げてもいいんじゃないですか。一課で束にならないと捕まえられない相手ですよ。そのチャンスを逃したら、どこかでテロが起きるってことですよね?」

珍しく正論を言った。

田島も同意見だったが、迂闊《うかつ》に動いてはならないような気もしていた。

「ただ、相手は元警察官です。包囲網についても鼻が利くと思うんです。不用意に嗅ぎ回れば察知される可能性があります」

そしてなにより心配なことがある。

「それに、癒着している警察幹部のこともあります。それが分からないと、情報が漏れるだけです」

「大々的に捜査網を敷けば、そのぶん、情報が漏れる可能性が出てくると」

「その通りです」

刑事がまとまって行動しようとすれば、その動きが〝業務連絡〟としていとも簡単に伝わってしまうのだ。

「でもそれって、原田さんなんでしょ？」

田島は首を捻ることしかできない。

状況的にはそう思えるのだが、どうにもイメージが湧かなかった。

「それと、そもそもですが――」

田島はトレーを持った職員が通り過ぎるのを待った。

「そもそも倉井がテロを起こす目的ってなんなのでしょう。彼には政治的な思想も大義名分のようなものもありません」

恵美がハッと顔を上げた。

「倉井は操り人形なだけでは？　もうひとり居るんですよね。それが黒幕なのでは？」

田島は頷いた。

「それが不気味なんです。何者かはわからないですが……警察の内情に詳しい気がするんです」

恵美の顔は、それが原田なのではないのか、と言っているように見えた。

内ポケットの携帯電話が振動した。ディスプレイには設楽の名前があった。

『おい、いまどこだ』

「本庁の食堂ですけど、なにかありましたか？」

その声に切迫した気配を感じた。

『いま周りにだれかいるか』

「毛利だけです」

『そうか。実はな、倉井のことを調べていたんだが、過去に原田参事官と接触していた形跡があった』

「えっ？　どういうことです」

『倉井の婚約者が抗争の巻き添えになっただろ。そのころに頻繁に会っていたという証言がある』

「しかし、いまに至るまでふたりの間に職務上の接点はないですよね」

『そうなんだ。だから不自然なんだ。しかもどの記録にもない。つまり職務が理由じゃない』

嫌な予感しかしない。

その頃から知っているなら、倉井の写真を見せたときに、なぜ原田はそのことを言わなかったのか。

そのときの、不自然な態度が思い出された。

『正直、なにが起こっているかはわからないが、情報の取り扱いは気を付けたほうが良さそうだな』

捜査一課で束になって倉井を包囲したいのに、刑事部内の情報はすべて「黒幕」に筒抜けになってしまう。

そこでふと自己嫌悪に陥った。自然に、原田を黒幕と考えてしまったからだ。

『どうした？』

設楽が聞いた。

「あ、いえ。実は、倉井の姿が次世代監視システムによって捉えられています。おそらく東十条周辺を根城にしているようなのです。ただ……」

それだけで設楽は察したようだった。

『なるほどね、情報が漏れる可能性があっておいそれとは、その情報を刑事部内で共有できないってことか』

「そうなんです」

『それならウチの連中を使うか？』

「え、公安部ですか？」

『ああ、別に手柄を持っていこうってつもりはない。ただ、公安部は刑事部と情報共有していないからな』

確かに。いざとなれば公安部に動いてもらう手もありそうだ。

「ちなみに、倉井は東十条にゆかりがあるんでしょうか」

『いやぁ、どうかな』

設楽はしばらく考えてから答えた。

『ただ、あのあたりは潰れた町工場なんかはちらほら見るから、そのひとつを根城にしているのかもしれないな』

「町工場、ですか」

『ああ、榊原の言葉を信じるなら、倉井はもっと大きなテロを画策しているという話だった。それもかなり大きな会場でだ。となればそれなりの準備が必要な訳だからな』

「なるほど」

『こっちはこっちで探りを入れてみる。そっちもなにかわかったら連絡してくれ』

田島は了解して通話を終わらせると、恵美に電話のことを伝えた。するとみるみる顔色が悪くなっていった。特に、原田と倉井は過去に会っていたというくだりでは、その目を大きく見開いて、いまにも立ち上がりそうだった。

「それって、やっぱり黒幕は原田さんってことじゃないですか！」

食堂に叫び声が響いて、恵美はあわてて口を噤《つぐ》む。

「いや、それはまだわからないですって」

「田島さんがそう思うのは、『原田さんはそんなひとじゃない』っていう印象だけで言ってるんですよね」

確かに、それが唯一のよりどころだ。

「いつもは、非科学的なことは信じない。証拠が全てだ、っていう頭でっかちなのに」

「私はロボットじゃありません。相手がよく知る人だからこそ感じることもあります」

「でも、明らかにおかしいじゃないですか」

それは否定できなかった。これまでの原田の態度に鑑《かんが》みると、調べられて困ることがあるとしか思えない。

「気になるのは、はじめは私たちに捜査を命じたのに、その後、その命令を撤回したことです」

田島は眉間をつまむ。

「それは捜査を続けてはならないようなものを見つけてしまったからなのか……？」

後半はひとり語りだったが、恵美は拾い上げた。

「あたしたちが見つけたのって、なんでしたっけ……。あ、狙撃手の存在だ。やっぱり倉井に近づきつつあることがわかって、中止を命令したんじゃないんですか」

「いえ、もし原田さんと倉井が関係があるのなら……それこそ黒幕というのなら、初めから私たちに事件の裏を捜査するよう命じたりしないはずです」

「そっか」

「いま思えば、倉井の名前にたどり着く前、その存在を示唆したあたりからです。どうも辻褄が合わない」

五秒ほどの沈黙のあと、恵美が言った。

「でも、それもこれも、倉井を逮捕すればわかるってことですよね」

「そうですね。それに集中しましょう」

11

翌日の昼前、稲原から連絡があり、田島は警視庁の小会議室に集まった恵美、そして設楽らと共に稲原のコンピューター画面を覗き込んでいた。

「やはり、東十条の一角に潜んでいるようです」

倉井の行動パターンをＡＩが学習し、拠点にしている場所を一区画にまで絞り込んだという。

学習の精度を上げるためには、ネットに接続されていない防犯カメラ映像が必要だったが、それらは設楽の部下がくまなく集めて回った。

「なんか、人間がこき使われているみたいね」

恵美が皮肉を込めて言うと、稲原は達観したような笑みで応えた。

「いえいえ。計算結果を表示して、人間に対して判断を委ねているだけですよ。その結果通りに行動するかどうかは人間しだいです。コンピューターが気に入らない態度をとったら、コンセントを抜いてやればいい」

「そうか、人間様のほうが決定権を持っているのね」

恵美は納得したようだ。

「それで、具体的な建物まで特定できたのかい？」

設楽が訊いた。

「いえ。ただ、このあたりになるはずです」

住宅地図の一角に人差し指を置いた。

「これは工場か」

西川精工《にしかわせいこう》有限会社と屋号が表示されている。

稲原はキーを叩いて検索をかけた。

「そうですね、どうやら金属加工が業務内容ですが、現在は廃業しているようです」

顔を上げた設楽と目があった。倉井はテロの準備をしているのだろうか……？

「ここの映像はあるのか？」

「いいえ、ありません。ここには民間でも防犯カメラを設置しているところがないのです」

すると設楽が、ちょっとまて、と言って携帯電話を取り出した。口ぶりから相手は部下のようだ。

「いま、近くにいた部下に向かわせた。現場についたら動かずに監視しろと指示している、俺もこれから向かう」

「私も行きます」

田島が言うと、当然とばかりに立ち上がった恵美を制す。

「毛利さん、これは命令違反なんですよ？」

「大丈夫です」

恵美は胸を張った。

「田島さんが、私の能力欲しさに無理矢理巻き込んだことにしていますから」

「は？」

「パワハラ相談室に意見を上げておきましたんで」

「ちょ、なんの話ですか、それ」

「だから、無理やり田島さんが——って話を、後になって言っても信憑性《しんぴょうせい》がないじゃないですか。でも前からそんな相談があったという実績を作っておけば、話を信じてもらえるってわけです。じゃ、車を回してきますね」

呆気にとられて動けない田島の横を通り過ぎる恵美に対して、なにも言い返せないでいた。対処不能なことがここまで出てくると、もう好きにしてくれという心境にもなる。

「いろいろ大変そうだな」

設楽がポンと肩をたたいた。


登庁するときはまだ雨は落ちていなかったが、いまは土砂降りの状態だった。接近している台風の影響だという。関東への上陸はないとされているものの、早回しの映像をみているような速度で流れていく雲や、吹き付ける生暖かい風は、紛れもなく台風のそれだった。

　雨の日の運転が好きだという恵美がハンドルを握り、助手席に田島。そして後部座席では設楽が着信を受けていた。

「本人を確認したようだ」

　設楽の声に田島は振り返る。鼓動が跳ねていた。

「いまもそこにいるんですか」

「ああ。一度出てきて、自動販売機で缶コーヒーを買って戻ったようだ」

　田島は映像でしか倉井の姿を見たことがない。同じ警視庁の警察官だったといってもＳＡＴの秘匿的な性質ゆえに、記録もほとんど確認できない。だからどこか現実離れした存在に思えていた。実体のない、想像上の人間のような。

　それが、ついに姿を現した。

　乱射事件の犯人というだけではない。原田を含めた、背後で蠢《うごめ》く真相の鍵となる存在なのだ。

　自分が行くまで待っていろ、と滝のような水量をかき分けるワイパーの先に田島は視線を戻した。

東十条に着いたのは四十分ほど後のことだった。路肩に停まっていた黒いセダンの後ろに着ける。西川精工は反対車線側に見えている。

まだ看板は下げられていたが、すでに倒産していると聞かされてもまったく違和感がない雰囲気だった。建物全体が錆《さ》びたような茶色で、前の道は機械油がしみ出したかのように黒ずんでいる。

外から見る印象では五十平米ほどの広さだろうか。正面には幅三メートルほどのシャッターが下ろされていて、その隣にくたびれたドアが一枚。二階は事務所として使われていたのだろう。

そこに、前の車から一人の男が出てくると、田島たちが乗っている車の後部座席のドアを開け、設楽の横に滑り込んできた。わずか数メートルの移動なのに、びっしょり濡れていて、もともと薄かったであろう頭髪は張り付いたワカメのようだった。

「どうだ」

田島らに軽く会釈をした設楽の部下は、雨から守るためか懐に入れていたビデオカメラを取り出した。

「一時間ほど前に、一度顔を出しました。これです」

設楽が画面を田島にも見やすいようにコンソールボックスの上に置いた。ビデオカメラのディスプレイは五インチほどの大きさだったが、状況は分かった。

この時は、雨はまだ降っていなかったようだ。シャッター横のドアが開き、男が出てきた。

間違いない、倉井だった。

坊主頭に無精髭が口の周りを覆っている。リネンだろうか、薄手の白いシャツを着ていた。浮き上がった頬骨と、それとは対照的に目の周りは大きく窪んでいる。まるで彫刻家が、仕上げ作業の前に、荒削りのまま放置してしまった作品のようだった。

だが決してテロを企てるような危険人物には見えなかった。それは達観の境地に至ったかのような穏やかな眼差しのせいかもしれない。

雲行きが気になるのか、設楽は空をいったん見上げ、それからポケットに手を入れ、ドアに向き直る。そこでふっと顔を上げて、十メートルほどのところにある自動販売機に向かった。缶コーヒーをひとつ買い、そしてまた戻る。体を滑り込ませたドアから見えたのは階段。どうやら直接二階に繋がっているようだったが、カーテンで閉められている二階の窓からはなんの動きも見られなかった。

田島はフロントウインドウから外を覗き込んだ。張り込んでいることが察知されないよう、ワイパーは使わない。雨で歪んだ景色をしばらく見ていて、ハッとした。

振り返ると、設楽が険しい顔でディスプレイを睨んでいる。

「おい、このあとは、倉井は顔を出していないんだな？」

部下に聞いた。

「はい、ずっとこの場で待機していますが、窓から顔を出すこともありません」

自信に満ちた回答だったが、設楽が睨み続けることに不安になったようだ。

「あの……」

「お前、裏口は確認したか」

「あ、いえ」

ワカメ男の顔色は見る間に青くなっていった。

「設楽さん」

田島が声をかけると、設楽は頷いてドアを開けた。

「行くぞ」

追従して飛び出した田島を恵美が慌てて追う。

設楽は田島に正面のドアを指差すと、自らはワカメ男と裏手に回った。

「ちょ、田島さん、どうしたんです」

逃げられたかもしれない。田島は恵美にそう伝えた。

「え、バレてたってことですか」

映像を見た時の違和感。それは、倉井は一歩外に出たときに瞬時に異変を感じとり、そのあとは気づいていないように振る舞っていただけだ、というものだった。

田島はドアノブに手をかけ、ゆっくりと捻ってみた。施錠されていた。

「倉井は外に出た瞬間、ポケットに手を入れました。ドアに鍵をかけようとしているように見えました。十メートル先の自動販売機に行くのにそんなひとはいませんん」

「じゃぁ、公安が見張っていることに気づいて……」

その時だった。鍵が閉まっていたはずのドアが急に開いて身構えたが、顔を出したのは設楽だった。

「裏口から逃げられたようだ。すまない」

部下の失態を代わりに詫びたが、すぐに厳しい目で顎をしゃくった。

「こっちを見てくれ」

どこかカビ臭い空気の中、階段を上ると、だだっ広い部屋があり、薄い屋根を叩く雨の音が反響していた。圧迫感があるのは天井が低いせいだろう。場所によっては頭を下げなければならないほどだ。もともと平屋だったものに無理やり二階を増築したような、屋根裏といってもいいような空間だった。

窓の下に寝袋が敷いてあり、飲料やら食糧などのゴミが散乱していた。倉井が生活をしていた跡なのだろう。その量から鑑《かんが》みると、一週間以上はここにいたのではないかと思わせた。

奥には一階に降りる外階段があった。降りきったところに裏口があった。

「ここから逃げたようだ」

一階には古びた工作機械が放置してあり、機械油を吸い込んだコンクリートの床は真っ黒で、いまだに金属加工をしていたころの趣を残していた。

「これだ」

設楽が示した床にはいくつかの肥料袋のようなものと、ポリバケツ——それは子供が遊ぶブロック入れを思い起こさせた。しかし、表面に貼ってあるラベルには、英語表記の他はどこの国のものかわからない言語で注意書きがあった。

「毛利さん、読めます?」

「英語の箇所なら。ってか、これ英語でもないのかな」

「なんて？」

「えっと、こっちの青いポリバケツは『過酸化ベンゾイル』、こっちは『ヘキサミン』。あとは『アセトン』『塩酸』『硝酸』っと。他にもいろいろありそうだけど、なにこれ。化学の実験でもしてたのかしら？」

設楽が別のプラスチックボトルを眺めながら言った。

「塩素酸ナトリウム……。これらを配合してできるのは、爆弾だよ」

えっ、と田島は周囲を見渡した。そして見つけた。

「設楽さん、これ」

田島が手に取ったのは金属パイプの切れ端だった。監視カメラに、切り落とす前のパイプを数本持って歩く倉井の姿が映っていたのを思い出した。

「まさかと思いますが」

「材料から考えると、パイプ爆弾……だろうな」

この場にいる者、みなが息を飲んだ。

「これですか、テロを狙っているって……」

まずい、と思った。

ライフルによる狙撃と違い、爆弾は広範囲に被害が及んでしまう。

「毛利さん、稲原君に至急連絡を。監視システムで倉井を追えるかどうか聞いてみてください。我々もすぐにそっちに行きます」

了解、と恵美は携帯電話を耳に当てた。

「設楽さん、我々はいったん戻ります」

「わかった。俺はもう少しここを調べてみる」

お互いに新しいことがわかったら連絡することを確認して、今度は田島が運転席に座った。


せっかく摑んだ倉井の居場所だったが、わずかの差で逃がしてしまった。

「やっぱさ、最後はひとなのよね」

恵美が、ずぶ濡れのジャケットを、あきらかに用をなさないと思える小さなハンカチで拭きながら言った。

倉井に関する情報は少なく、居場所を摑むことなど、まさに雲を摑むような話だった。それを次世代監視システムのＡＩは特定したのだ。それは愚直に足でかせぐ田島から見れば驚愕すべきことだった。

しかし相手は元警察官。こちらの動きを敏感に察知し、鼻先で逃げられてしまった。そこには人間対人間の駆け引きがあった。

「ＡＩといっても、あくまでも道具ですから。どう使うかは人間に任されています。むしろ、それは譲れないことだと思いますよ。結果がどうであれ」

警視庁の地下駐車場に車を滑り込ませた。

「田島さんって、どう思います？」

「なにがですか」

「テクノロジーっすよ」

切り返してバックで所定の位置に駐車させるが、左右の差が気になって、いったん前進し、間隔が左右対称になるように入れ直す。

「テクノロジーは大歓迎です。たとえばＤＮＡ検査。これも使われはじめたのはごく最近ですが、このおかげで特定できた犯人の数は多い。監視カメラもそう。決定的な証拠になり得ます。だから、警察としては新しいテクノロジーは積極的に取り入れるべきだと思います」

ここで車外に出た。恵美がドアを閉めるのを待ってロックする。

「だいいち、犯罪はどんどん進化しているのに、警察が古き良き慣習に拘っていたらいつまでたっても真相に近づけません」

「田島さんらしい答えっすね」

エレベーターのボタンを押す。

「正論だと思いますけど」

「ていうか、田島さんは決まりごとにうるさいじゃないですか。変化を嫌ってるイメージがありましたけどね」

「テクノロジーと規則は別です。規則は我々の法律のようなものですから気まぐれに変えるものではないし、新しかろうが古かろうが従うべきです」

エレベーターに乗り込み、田島は聞いてみた。

「毛利さんって、帰国子女で、最先端の大学にいっていたくらいだから、テクノロジーは大歓迎なんでしょ？」

「ジャンルによります」

「というと？」

「要は使い方です。事件を起こすのはひと。被害を受けるのもひと。だから、ひとのことを知りたい。その助けになればいいなと思うのがテクノロジー」

「なにか、違いがあります？」

「さぁ。どうでしょ」

どこか自分が意固地な人間だと言われているような気がして、田島は少し嫌な気分になった。

最近、なぜか父親のことが頭をよぎる。事件を追い、真相にたどり着こうという行為は、紛れもなく自分に課せられた職務だ。

それなのに、過去の自分と闘っているような、そんな気になってしまう。闘う理由なんてないのに。

この感覚はなんなのだろう、と思う。自分は事件捜査の先になにを求めているのだろうか。

エレベーターが到着し、ドアが開く。そこに稲原がいて、田島は頭を切り替えた。

「こっちへ。部屋をとってあります」

案内された部屋は予想に反して百名が余裕で入れそうな大きな会議室だった。この後、なにかしらの講演でもあるのか、パイプ椅子が正面に向かって整然と並んでいる。

きる。

「ここしか空いていなかったんですよ」

最近は各会議室を使用するための予約システムがあり、使用状況を一覧で確認で

「とりあえず、あと一時間は大丈夫なんで」

しかし、広すぎてどこに腰を下ろせばいいのかわからず、結局、出入口から一番遠い角に椅子を寄せて腰掛けた。

「残念ながら逃げられてしまったよ。せっかく居場所を突き止めてくれたのに申し訳ない」

「公安がポカしたの」

恵美は冗談とも本気とも取れない言い方をし、稲原はどう反応していいか困った顔をした。

「それで稲原君、どうだろう。倉井の足取りはつかめそうですか」

田島としては期待していたが、稲原は首を横に振った。

「いまのところ捉えられていません。うまくカメラのないところを選んで通っているのかもしれません」

「そうか……。でも、テスト運用とはいえ、次世代監視システムがふたつも稼働し

ているし――」

なんとかなる、と思っていた。実際、なにもないところから東十条に辿り着いたではないか。

「特に、ソナー社のシステムは優秀なんですよね？」

「はい。しかし今回、倉井を見つけたのは東基研の監視システムなんです」

評価ではソナー社の方が優秀だったはずだ。

「厳密にいうと、ソナー社のシステムも倉井を見つけてはいたんです。ただ、それをレポートする段階で不具合が起こっていました」

「うん？　というと？」

「警告を発するプロセスに問題があったんです。海外製のものを日本で運用しようとすると言語だけでなく様々な齟齬《そご》が生じます。ソフトウェア、と呼べば良いのか、つまりは使う側の人間の問題ということです」

「なるほど、耳が痛いな」

「もちろん対策はしてきたのですが、今回は機能しなかったようです」

「つまり、せっかく見つけていたのに、それがうまく伝わらなかったということ？」

「ログをみると、そうですね。『検出・検証』するプログラムと『情報共有』を行うプログラムは独立しています。それぞれ役割が違いますし、国によって法律も違うので調整できるようになっているんです。結果的にシステム全体として安定的に動作するための仕組みです」

なるほど、と田島は呟く。

「ちなみに、倉井の足取りを広い範囲で掴むために、そのふたつのシステムを同時に動かすことは可能なのだろうか？」

「はい、やってみます」

このまま見つけられなかったら、どこでテロを起こされるかわからない。

脳裏に手製のパイプ爆弾が浮かぶ。

「ここ数日で、東十条のアジトを出る姿などは捉えていないかな。荷物を持っているはずなんだ」

あそこにはパイプ爆弾の材料はあったが、爆弾そのものはなかった。つまりすでに持ち出している可能性が高い。

「ホームセンターに問い合わせたところ、倉井が持っていたのは、二・五メートルのものらしい。それを三本抱えていた」

恵美が視線を上げて暗算する。

「仮に長さ三十センチのパイプ爆弾だとすると、二十四本くらい作れますね」

どこで使われても大惨事になる。

稲原には引き続き捜索を頼んだが、その責任に重圧を感じたのか、会議室を出る時はずいぶんと緊張している表情だった。

「んと……あの、ちょっと」

デスクに戻る途中、恵美が田島の腕を取ると階段の踊り場まで引きずりこんだ。

「なんです」

「怪しくないですか」

「誰がです」

「設楽ちゃんですよ」

「藪《やぶ》から棒になんですか」

「黒幕って、警察の手の内を知っている奴なんですよね？　そして倉井を操っている」

「そういう印象はありますが。でもだからといって、どうして設楽さんが」

「逃がしたんじゃないですか、倉井を」

田島は笑い飛ばそうとした。実際、表情はその準備をしていた。しかし、笑いが口をついて飛び出してくることはなかった。否定できなかったからだ。

実際、設楽が黒幕だとは思っていない。しかし恵美の言及はこの状況をよく示している。

つまり、なにひとつ確かな事などない、ということだ。

我々はなにを拠り所に捜査をすべきなのだろうか。

田島は慎重に答えた。

「前は原田さんが怪しいと言っていましたが、いまは設楽さんですか？　だれもかれもを疑っていたら正常な判断なんてできませんよ」

「信じるだけでも、真相を見誤るんじゃないですか」

それは原田のことだ。田島が原田を信じることになんら論理的根拠はない。恵美は田島の矛盾を突いているのだ。フェアではないのではないかと。

最近は以前にも増して口達者になってきたな、と思いつつ、冷静に考える。

こんなにも思考が落ち着かないのは、倉井の狙いがわからないからだ。

犯罪には必ず目的がある。一見、意味がない通り魔事件でも、己の欲求を満たそうとする意思がそこにはあるのだ。

しかし倉井には個人的な欲求も、政治的主張も感じられない。テロともなれば、必ず目的があるはずなのにだ。

仮にその背後に黒幕たる存在があるのだとしても、その目的が見えてこない。遠藤を殺害したのが、癒着の発覚を防ぐためだったとしても、なぜさらにテロを企てる必要があるのだ。

とにかく、いまできることをやるしかない。

「まずは、倉井はどこでテロを起こそうとしているかを突き止めないと」

こうしている間に、それは起こってしまうかもしれないのだ。

気は焦る。カウントダウンは確実に進んでいるのに、持ち時間がどれくらいあるのかわからない。

「ちょっと出てきます。毛利さんは稲原君のフォローをお願いします」

田島は言って、階段を降り始めた。

「どこいくんです」

「もう一度、見直してみます」

そう言って階段を一階まで降り、外に出た。

田島はよく、歩きながら考えを整理する。警視庁は皇居のお濠に隣接しており、一周がちょうど五キロある。適度なアップダウンと信号で止まることなく周回できることから多くのランナーの間で人気のコースである。

ここを歩くと、田島の足でおおよそ一時間だ。その間は誰にも声をかけられることもないし、恵美も嫌がってついてこない。

雨はまだ降ってはいたものの、小降りになっていて、雨粒に目を細めながら西の空を見上げれば雲の切れ目から夏の光が差し込みはじめていた。

田島は歩き出した。

一歩、二歩。繰り出した足の数だけ真相に近づいていく。そう期待した。

しかし考えはなかなかまとまらなかった。この内堀通りと同じで、元に戻る。半蔵門にさしかかって足を止めてみると、水をたたえた濠の向うに警視庁が見えた。

なにか、なにか大切なことを見逃してはいないかと自分に問いかける。

乱射事件で遠藤が命を落とした。その偽装工作で前沢が、口封じとして榊原がそれぞれ命を落とした。

まだ消えていない線は、倉井と謎の男だ。

その倉井はパイプ爆弾によるテロを企てている。ひとが多く集まるところを狙うと思われるが、東京であればどこでも同じ効果が出せるように思えた。

その狙いはなんだ。

考えがまとまらないまま、メビウスの輪のような内堀通りから逃れるように、半蔵門駅から電車に乗り込んでいた。


「あらっ、最近は早いですね」

芽衣は壁の時計を見上げた。ちょうど午後五時になったところだった。

あちこち歩いたものの、結局、いつものスポーツバーに来てしまった。

カウンターの奥にいたのは別の女性で、芽衣はピラティスのクラスに向かう途中だった。暖色の淡い色合いをした、ぴったりとした伸縮性の高いトップとレギンスが、健康美を謳《うた》うように体のラインを浮き上がらせていた。

ただ、来たのはいまではなく、一時間も前からここにいる。

「ちょっと考え事をしたくて。気づいたらここにきていました。なんだか落ち着くので」

「あら。公務員さんがフライングで抜け出してきても大丈夫なんですか」

芽衣には『霞が関の職員』としか言っておらず、刑事であることは言い出せなかった。

注文した「本日のスムージー」を置いた女性が洗い場に下がったのを見やってから言った。

「先日はありがとうございました」

芽衣は、眉を寄せ冗談めかした怪訝《けげん》な顔をつくってよこした。

「なにもしていませんけど」

「おいしいサラダバーを紹介してくれましたし、なにより楽しかった」

「いえ。でもびっくりしたでしょ。距離をおかれちゃうかなって思いましたけど」

シングルマザーであることは確かに驚いたが、それだけだ。

「僕はリアクションが薄いので……」

芽衣は万人を癒すかのような笑みをつくってみせると、コクリと頷いた。

「じゃあ、わたしはクラスがあるので、ここで。ごゆっくり」

田島は口角を引っ張り上げた顔で頷いて見せると、カウンターに向き直り、スムージーに刺さったストローを咥《くわ》えた。

あっ、と声がして振り返ると、芽衣がなにかを思い出したとばかりに半身を捻っていた。

「なにやっても考えがまとまらないことってあると思います。身体を動かしても、逆立ちしてもダメ。八方ふさがりってやつ」

ええ、と田島は答える。いまがまさにその状況だ。

「その田島さんの悩みって、自然に解決はしないんでしょ？」

「ええ、そうですね」

自然に解決したらどんなに嬉しいか。

「つまり田島さんが動かなきゃ解決しない」

田島は頷く。

「それって、いまに絶対動きがあります。それこそ予想外の展開になるかもしれない。もうてんやわんやの騒ぎになるかもしれない」

芽衣はやや目を伏せた。

「わたしがそうだったから。心配事やら、後悔やら。希望と絶望がコロコロ入れ替わるし。いろいろぐちゃぐちゃに混ざって不安だらけでした。朝、目が覚めたら、ぜーんぶ解決してないかな、とかよく思っていました。そうでも思わなきゃやってられなかったから」

芽衣が出産したとき、すでに相手の男は居なかったという。ひとりで産み、そして育てるのはそうとう大変なことだっただろう。

「そのとき、わたしがしたのは、なにもしないこと」

意外に思えた。問題に対して二手も三手も先を読んでいそうなのに。

「いまに、かならず、物事が動き始める。他人には任せられない問題が……。だから、いまはなにもしないって決めたの」

芽衣はそれから少しはにかんだ。

「だって、いずれ頑張らなきゃならないんだもの。予想外のことにでも対処できるように、頭も身体もニュートラルにして、その時に備えようって」

さらになにかを言おうとしたが、考えがまとまらないのか、照れ笑いをした。そして、ちらりと時計を見上げた。

「ごめんなさい。柄にもないことを言っちゃって」

田島は笑みを浮かべて首をゆっくりと横に振る。

「僕が、いちばん苦手なことです。冷静さを保とうとしているのですが、気持ちだけ焦ってしまって、心のなかでは大騒ぎ」

「それ、ふつうです。実際、そのあと本当にむっちゃ頑張らなきゃならなくなったから。できるひとはそんなこと考えなくてもいいんだと思いますよ。でもわたしの場合、あのままもがいていても、なにも変わらなかったかなって思うから、パワーチャージしててよかったと思います。じゃないと物事が起こる前に自分が潰れてたかも」

芽衣はもう一度、時計を見た。そしてこれだけは伝えておかなければならない、とばかりに言った。

「それと、田島さんのここ――」

人差し指で眉間を指した。

「どんどん険しくなっているような気がしたので。ゆーっくりほぐしてあげるだけで、気持ちは変わるかもしれませんよ。じゃあ、ゆるーく頑張って」

周囲の目を気にしたのか、これまで見たなかで最小のガッツポーズをして、ジムに消えた。

田島は腰を下ろし、スムージーを流し込み、そして苦笑した。

ゆるーく、か。

もちろん芽衣は、田島が背負っているものも、どこかでテロが起きるかどうかの瀬戸際にいるなんてことも知らないから言えたのだろう。

ただ、いまはこれからなにかが起こることはわかっているのに、なにから手を付ければいいのかわからないという状況だ。

全ては倉井の動き。奴がゲームチェンジャーである以上、できることは少ない。なにが起こるか、わからない。

頭をニュートラルにすることは、臨機応変に対処するために必要かもしれない。あえて後手に回るようで不安はあるが、あれこれ考えていざと言う時に動きが遅くなるよりもいいのかもしれない。

——焦るな。

田島は、椅子に座り直し、深く息を吸い、思考をあの日の水元公園まで遡《さかのぼ》らせた。

あれこれ考えるためではなく、あらたな動きがあった時に即応できるよう、頭を整理しておきたかった。

疑問なのは、やはり遠藤の殺害だ。水元公園の一件は、おそらく乱射に見せかけた遠藤の暗殺が目的だ。しかし、それならどうして公園を選んだのか。

無差別乱射事件と見せかけることで、遠藤暗殺を隠したかったという理由はあるだろう。しかし、それなら交通事故に見せかけたほうがよほど簡単に思える。実際、榊原はひき逃げに遭っている。

スムージーを吸い込み、天井を見上げる。やはり、そこがしっくりこないのだ。すべての鍵はそこにありそうなのに。

ふと視線を下ろすと、ガラスの向こうに芽衣の姿が見えた。五人ほどの中年女性、主婦だろうか。大汗を流しながら、必死に芽衣の動きについていこうとしていた。

眉間を指先でマッサージして、ふたたび疑問の答えを探す。

遠藤は何者かに呼び出されたのだろうが、なぜ、わざわざあの公園を選んだのか。遠藤の自宅近くで呼びやすかったからか？

公園……水元公園。あそこでなければならなかった理由があるのか……？

はっと顔を上げた。スムージーを入れたグラスを乱暴にテーブルに落としてしまい、大きな音をたてた。

これまでどんなに掘っても油田に到達しなかったのに、何気なく蹴飛ばした小石の衝撃で石油が噴き出したかのようだった。

水元公園には東基研の監視システムが動いていた。監視カメラの死角をあらかじめ知っていたとしてもリスクは高い。それなのに狙った……。いや、あえて狙ったのか？

田島はスマートフォンを取り出し、恵美を呼び出した。

『なんだ、ひとりで考えるって啖呵《たんか》を切ったのに、結局あたしが必要なんですね』

開口一番、恵美が言った。反論はあるが、ここは不毛な会話をしている場合ではない。

「東基研の担当区域で、近々イベントがある場所を調べてください」

『近々って、いつですか』

田島は思い出す。倉井が町工場から出てきた時の映像だ。倉井はまず空を見上げた。田島が警視庁を出たときと同じように。あれは、天気が気になってしかたがなかったからだ。つまり、どこかに行く用事があったのではないか。

「今日、もしくは明日。それくらいの感じで」

しばらくキーボードを叩く音が聞こえ、続いて『あっ』と恵美の声がした。

「もしもし、なにかありました？」

しばらく経っても返事はない。

「毛利さん、どうかしましたか」

『あった』

「どこですか、それは」

『隅田川《すみだがわ》です。〝隅田川花火大会〟。第一会場の打ち上げはこのあと七時からです』

背筋に冷たいものが駆け下りた。

都市圏で行われる花火大会で、毎年百万人近いひとが押し寄せる。そんなところで爆発なんて起きたらただではすまない。

時計を確認する。開始まで二時間を切っていた。

『いまホームページ見ていますけど、決行だそうです。雨はもう降らないみたいです。でも、いったいどういうわけなんです？』

「車で話します。用意しておいてください。それと、八木を通して一課長に報告。それから設楽さんにも」

『設楽さん？　いいんですか？』

「テロが絡むなら公安の出番です。それに彼を疑っているのは毛利さんで、私じゃない」

田島はテーブルに代金を置くと、芽衣を一瞥してから席を立った。暴力や狂気とは無縁の笑みだった。

『車で行きたいのはヤマヤマですが、現地周辺はすでに通行止めっすよ』

そうだった。会場周辺は歩行者天国になっている。場所によっては公道にブルーシートを敷いているところもある。車両の通行は困難だろう。

『ちなみに最寄りの浅草《あさくさ》駅は混雑で入場規制がかかっています』

これでは現場に到着するだけで時間がかかってしまう。

すると恵美が言った。

『それじゃあ浅草橋駅まで来てください。そこは規制範囲外なので。そんで両国橋まで歩いてきてもらえます？　あたし、そのへんで待っているんで』

一方的に切れた電話を眺め、それから駅に向かった。

いつも言葉足らずで、なにをしたいのかがよくわからない。

しかしいまはそんなことに時間を使っているわけにはいかないのだ。

浅草橋駅は大会本部から二キロほど下流になり、通行規制範囲の南限にあたる。それでも多くのひとでごった返していて、前に進むのもやっとだった。

国道十四号線を両国橋に向かって歩くが、歩道は花火が見られる場所を求めて歩くひとの群れで埋まっており、裏道を通っても、いつもの倍の時間がかかった。

両国橋のすこし手前、神田《かんだ》川《がわ》と隅田川の合流地点である柳橋《やなぎばし》に恵美の姿を見つけた。横には設楽もいた。

「毛利さん、なぜここに？」

田島が聞くと、恵美はこっちへ来いと首を傾げて見せた。

「隅田川水上派出所？」

そういうことか、と田島は合点がいった。

隅田川水上派出所は、近くを歩いていてもなかなか気づかない。派出所である表示が、道ではなく川を向いているからだ。

「なるほど、これなら規制も渋滞もないわけだ」

目の前には『ひめゆり』と名がついた警備艇があった。全長は八メートルほどで、かなり小型の部類だろう。定員は五、六名といったところか。

「恵美ちゃん、困るよお、こっちも忙しいんだからさ」

船長らしき男が操舵室から顔を覗かせた。

「まあまあ、どうせパトロールするんでしょ。ついでついで」

そう言って乗り込んだ。田島は設楽と顔を見合わせ、後に続く。

恵美の縦横無尽なコネクションにはいつも驚かされるが、いったいどうやったら警備艇の船長との間に、しかも無理を聞いてもらえる関係ができるのか。

不思議に思っていると、恵美が得意気に振り返った。

「チョウさんはね――」

恵美に絡まれることになった四十代の船長は、自身のことを長田と名乗った。

「もともとは江戸前の魚を獲る漁師だったの。うちの会社でも取引があったから、小さい頃からよくお寿司を一緒に食べてたんだけど、不景気で転職したの」

「言い方に問題があるなあ」

チョウさんが言った。

「俺は都民の安全を守りたくて警備艇乗りになったんだよね」

「なによ。商売下手で赤字続きだったくせに。公務員っていいよなあ、って言ってたじゃない」

どうやら経験者採用で海技職に転身したようだ。

「さ、早く出して」

ひめゆり号は、チョウさんのため息を残して離岸した。

蔵前橋《くらまえばし》、厩橋《うまやばし》、そして駒形橋《こまがたばし》と、花火鑑賞で停泊する屋形船の間を縫って、あっという間に大会本部のある吾妻橋《あづまばし》に到着した。

そのまま河川の交通整理にあたるというチョウさんに礼を言い、階段を駆け上がって堤防を越える。

川沿いに伸びる隅田公園は、春ともなれば桜の名所として多くのひとで賑わうが、今日は大会本部が設置されたため、一般客は規制され警視庁だけでなく、消防庁や役所関係者らの仮設テントが並んでいた。

「田島さん、で、どうするんです。実行委員会会長に中止しろって言うんですか」

あたりを見渡すと、すでにびっしり見物客で埋まっている。ひとびとの期待は最高潮に達しており、決行か中止か、いずれにしても高度な判断が求められるはずだ。

「そこは上同士の判断になるでしょう。中止にするのは簡単ですが、いま集まっている人たちを安全に避難誘導するためにはそれ相応の準備が必要ですから」

「暴動が起こるかもしれねぇな」

設楽の言うことも間違いではない。

「それに、もし中止の原因が爆弾なんてことが漏れたりしたら、パニックを引き起こし、それこそテロに匹敵するほどの被害が出るかもしれん。経済損失だなんだで怒られる方が気が楽だ」

田島は頷く。

「いずれにしろ、上が正しい判断を下せるように、我々は根拠があることを証明するだけです」

「しかし、どこから探せばいいのか。ゴミ箱か、橋の下か」

「あっ！」

突然、恵美が叫び声を上げた。

「た、田島さん、ヤバイ」

「なにがです」

階段を上ったところで恵美が力なく手招きをしていた。田島が怪訝顔で横に立つと、また言った。

「ヤバイかも」

隅田川を見渡せた。川の両側にあるテラスは立ち入りが禁止されているので、ぱっと見は人気がなく静かだが、周辺には黒山の人だかりができている。

「なにがヤバイんですか」

「これ」

恵美が仮設の手すりを叩いた。この日のために設置されたもので……。

田島は息を飲んだ。それが鉄パイプで組まれていたからだ。視線を巡らせると、会場周辺には同様の鉄パイプの柵が張り巡らされている。

「まさか、倉井は鉄パイプをカットして小型の爆弾をつくったのではなく、柵としてどこかに組み込んでいるということですか」

なかば呆然とする田島の横で、恵美が暗算をする。

「柵は三本でひと組み。一本二メートルだとしても、会場の会場一帯を取り囲んでいるから、両岸あわせてざっくり八キロメートル分。つまり、一万二千本は使われている計算になります」

そのなかから探すというのか……！

「ちなみに、今の計算って横方向に使っているものだけで、支柱や支えとして使っているものは含まれません」

背後にいた設楽も、絶望の声を上げた。

「全長二メートルのパイプ爆弾なんて、会場のどこであれ、爆発したら大惨事になる」

隅田川に沿って伸びる柵は〝単管フェンス〟と呼ばれるもので、鉄パイプをジョイントなどで固定して設置するものだ。

いま田島は吾妻橋から上流方向を見ているが、すくなくとも目の届く範囲にはこのフェンスが設置されている。両国橋から警備艇に乗ってここに来るまでのことを思い出してみると、やはりあちらこちらにこのフェンスが見えていた。

倉井はこのどこかの鉄パイプをパイプ爆弾にすり替えたというのか。

実際、その難易度は低いと思った。作業着を着ていれば、側《はた》から見れば柵を設置している作業員にしか見えないだろう。また複数の業者が複数の下請けとともに作業にあたるので、見知らぬ者が作業していても不審に思わない。

田島は叫び出したいのを堪《こら》え、長く深いため息を吐いた。それから携帯電話を取り出し、稲原を呼び出した。

「すまないが緊急で調べてほしい。隅田川花火大会の会場は東基研の監視システムがテスト稼働中だったよね」

『その通りです』

「では、仮設の柵を設置する作業員の姿を追えるだろうか」

『それは難しいかもしれません。というのも、システムが設置される一ヵ月以上前から、柵の設置作業は始まっていたはずです』

「そうか……。ちなみに何日前からの映像ならあるんだろうか」

『どうでしょうか。ここ三、四日だと思います。それでもシステムの稼働直後ですから、完全な記録は揃っていないかも知れません』

しかし、なにかヒントのようなものがないと、爆弾の設置場所について絞り込みができない。

「了解。それでも、念のために調べてもらえないかな」

『追うのは倉井ですか』

「そう。奴が作業員のフリをして、どこかのパイプをパイプ爆弾にすり替えているはずなんだ」

万に一つの可能性を期待して通話を終了した時、恵美が大会本部のほうから小走りに向かってきた。

「田島さん、この柵は、上流側は白鬚橋《しらひげばし》から下流は両国橋までの両岸、さらにその間に架かっている八本の橋にも設置されているそうです。広範囲すぎます」

田島がほぞを噛んだ時、空中で炸裂音が響いて、思わず首を竦《すく》めた。

大会の開始を告げる合図の花火だった。

「設楽さん、パイプ爆弾は外観で見分けが付きませんか」

「どうだろうな。おそらく倉井は新たに購入したものを使っていると思われるので、やけに新しいパイプがあったら判別できるかと思ったんだが、そんなの、いくらでも混ざっているな」

下唇を噛みながら、周囲のパイプを見渡した。

「ただ、中に火薬が入っているのだから、少なくとも貫通はしていない。つまり横から覗き込むしかない」

「全部？」

恵美が異議の声を上げる。現状、もっとも有効だが、なにしろ時間がない。

「一課の応援はどうだ？」

「向かっているんでしょうけど、この人出ですからね。もうすこし時間がかかるかもしれません」

「公安も同じだ。いまかきあつめてはいるが」

田島は考えた。どうすればいい、考えろ！

「とりあえず、いけるところまでいきましょう。あとで妙手が出るとしてもできることはやっておきたい」

焼け石に水だが、やるしかなかった。

田島らはまず吾妻橋から確認に入った。合計四車線分が歩行者専用の一方通行となり、観覧者はそこを歩きながら花火を見ることになる。

歩道部分は関係者用の通路になっているので、まずはそこを歩きながら、パイプを覗き込んだ。だが、橋の中ほどまで進んだ時に恵美が叫んだ。

「無理っすよ！」

田島も同感だった。思ったよりも時間がかかる。こんなことをしてなんの意味があるのか。

その時だった。眩《まばゆ》い光と、下腹を揺さぶる振動、周囲を包む歓声。夜空に大輪の花が咲きはじめた。

ついに始まってしまった。

花火だとわかってるのに、下腹を揺さぶる炸裂音がするたび、そして周囲が閃光で照らされる度にパイプ爆弾のことが頭をよぎる。歓声が悲鳴に変わっていないか不安で、ひとびとが喜色満面で天を見上げているのを確かめてその都度安堵する。いつ花火の代わりに大爆発が起きてもおかしくない状況なのだ。次か、それともその次か……。

吾妻橋の欄干を摑み、なす術がないのかと絶望した。

やはり、中止させるしかない。

田島は八木に連絡をした。

「どうだ、福川《ふくかわ》一課長は動いてくれているのか」

移動中なのか、八木の声は喧騒に埋もれていた。

『一課長には説明した。お前の考えが合っているかどうかはともかく、中止させる方向で動いている』

それを聞いて、幾分、気持ちが楽になった。

「あとどれくらいだ」

『いや、まだしばらくかかる。態勢が整わない。現状、中止にしても誘導員が足りない。二次被害の可能性もある。それから、課員を動員して鉄パイプの確認に入らせようとしているが、人出が多すぎて身動きがなかなかとれないでいる』

「じゃぁどうすればいいんだ」

『手がかりはないのか。ピンポイントでなくても、狭い範囲でいい』

「いまサイバー犯罪対策課が動いているが、まだわからない」

手詰まり。チェックメイト。そんな言葉が脳内に響く。

花火の打ち上げは、吾妻橋を挟んで上流側、下流側にそれぞれ第一・第二会場があり、その両方から、競うように花火が上がり始めていた。

倉井だ、倉井ならどこに仕掛ける？

会場のあまりの広さに想像が追いつかない。どこで爆発させても、大惨事になるのは目に見えている。

田島は朱色の欄干を叩いた。

「ねえ、田島さん、思うんだけど」

恵美が袖を引っ張った。

「ちょ、ちょっと待ってください。設楽さん！」

パイプを覗き込んでいた設楽を大声で呼び寄せ、捜査一課の見解を伝えた。

「確かに、不用意に解散はさせられないだろうな、この人手だからな」

また恵美が袖をひっぱるが、それを無視する。

「しかし、いつ爆破されるかもわからない。急がないと。公安部の権限でなんとかなりませんか」

「そうは言ってもな」

「この際、私が責任をとりますので――」

また恵美がひっぱる。

こんな時になんなんだ！　と叫ぼうとした時だった。

「話を聞けってのっ！」

一瞬早く、恵美に怒鳴られた。

この大変な時になんだ！　と叫び返してやろうとするが、また寸前で止められた。

「あたしをウザいとかどうこう言うのはかまいませんが、一生に一度でいいから話を聞け!」

こんな剣幕の恵美は見たことがなかった。感情のバランスを取るかのように、急激に田島の熱は冷めていった。

「わかりました。言いたいことがあるならどうぞ」

連続で花火が打ちあがり、恵美の顔はストロボライトに照らされるかのように瞬いていた。

「倉井はテロリストじゃありません。だから、テロなんてしない」

田島は困惑気味の設楽と顔を見合わせた。

「なにを言い出すんです?」

設楽も前に出た。

「榊原は死に際に言ったんだ。倉井はもっと大きなテロを――」

「ここが狙われているのは確かでしょう。ですけど、無差別テロを起こすって本当に言ったんですか? そんなの、だれも聞いていないじゃないですか」

「俺は確かに榊原から聞いたぞ。俺が聞き間違えたって言うのか?」

「榊原も勘違いしたんじゃないかってことです。倉井がテロリストだと」

田島は恵美の思考プロセスを整理してやる必要があると感じた。

「毛利さん、おちついて。はじめから話してください」

恵美は大きく鼻で息をしてみせた。

「水元公園の事件、乱射したのに犠牲になったのは遠藤警部だけです」

「それは――」

恵美が言葉を遮った。

「カモフラージュって言いたいんでしょ？」

田島は頷いた。

「乱射事件に巻き込まれたように思わせたかったのだと考えています」

「じゃあ聞きますけど、なぜ犠牲者はひとりだけ？」

「え？　なぜって狙われていたのは遠藤警部だけだったからでは」

「そこです！　本当にカモフラージュしたかったら、他にも殺せば良いじゃないですか。十人でも二十人でも。倉井にはその技術はあった。そのほうがよほどカモフラージュになる」

確かに、田島が違和感を覚えたのは、犠牲者がたまたま公園を訪れていた警察官だった、ということからだった。もし他にも犠牲者が出ていたら、事件を〝日本の安全保障を揺るがす悲劇〟としてだけ捉え、遠藤はあくまでも犠牲者のひとりとして処理されていたかもしれない。

「本当のテロリストなら、やってるはず」

恵美は駄目を押した。

「つまり毛利さんは、倉井はこの会場を狙っているのは確かだけど、無差別テロではないと？　つまり、特定のひとり……そう言いたいんですね？」

恵美が大きく頷いた。

「そうです。倉井には倉井の……なんていうんだろ、美学？　そんなもの認めませんけど、自分なりのルールのようなものを持っている気がするんです。一般市民は巻き込まないって」

「どうしてそう言えるんです」

「だって、倉井が愛した人は抗争に巻き込まれて亡くなっているんですよ」

恵美はそう言い切ったあとにも言葉を続けようとしたようだが、うまく言葉にならなかったのか、結局は表情を曇らせて黙り込んだ。

ただ言いたいことは理解できた。

倉井は愛する人を失う哀しみを一番知っているはずで、それなのに自分と同じ目にあわせるわけがない、と言いたいのだ。

「しかし、それが元で精神を病んだとの情報もあります。理性を失っているかもしれない」

そう言ってみたものの、倉井は無差別ではなく、確固たる目的のもとに動いているという点については同感だった。問題は、誰を狙うにしろ、あらゆる犠牲を払ってまで行うつもりなのかどうかだ。

恵美が無言で睨んでいた。その視線を真っ直ぐに受け止めた。

もはや、倉井をテロリストという定義に当てはめることは無意味なのかもしれない。

倉井の行動原理を読み取れ！

田島は深く深呼吸をした。

恋人と、まだ生まれ出る前のわが子をなくした男。その後、精神に異常をきたしたというが、いったいなにを考えてこれまで生きてきたのか。

何者かの命を受けて行動しているだけかもしれない。ただ、壊れた精神の奥底に、抵抗しようとするなにかがあるのか。だとしたら、それはどんなかたちで現れるのか。

シャーッという音と共に、ひときわ明るい炎が立ち上った。あたりを真昼のように照らすその白く巨大な火花に歓声が上がる。

その明かりによって、浮かび上がった大会本部席が、吾妻橋の中ほどからもはっきりと見えた。そこに歩くひとりの男を見てハッと息を飲んだ。

そしていままでバラバラだったパズルのピースが猛烈な勢いで繋がりはじめた。

それが一枚の絵を浮かび上がらせるよりも早く、田島は脱兎《だっと》のごとく駆けだした。走りながら電話をかける。相手は原田だ。

『田島か。どうした』

喧嘩別れした者のような、戸惑いを含んだ声が中耳に響いた。

ずいぶんと久しぶりに聞く声に思えた。

「参事官！　そのままっ！　その場から動かないで、いまそっちに行きますから！」

吾妻橋の袂《たもと》で封鎖されている公園入口の警備員を、警察手帳を掲げながら、はじき飛ばす勢いで突破すると、大会本部のテントの前で携帯電話を不可解な顔で見つめている原田の元に向かった。

しかし、その二十メートルほど手前で、はたと気づいて徒歩に切り変える。後からきた恵美と設楽がぶつかりながら止まった。

「なんなんですか」

「いいから。合わせて」

歩きながら、横目で設置された長テーブルを見ると、原田の名を記した札が置いてあった。田島たちの姿を認めた原田が近づいて来ようとするのを、慌てて制する。そして田島は右手を差し出した。原田はそれを怪訝な目で握り返した。背後では恵美たちが、意味が分からないといった表情を浮かべている。一時は原田の黒幕説まで出たのだから、当然といえる。

「参事官、この出席は既定事項ですか」

「ああ。毎年のことだからな。緊急連絡本部長として来ている」

やはり。敵は警察と繋がっている。

田島は笑みを浮かべたまま、世間話をするように言った。

「参事官の席に爆発物が仕掛けられています」

原田の顔が一瞬強張《こわば》ったが、どこか、前々から予期していたような、そんな落ち着きが見えた。

「なるほど。そうきたか」

「仕組みは分かりませんが、参事官が席に着いたら爆発するものと思われます」

そこに着信があった。稲原だった。

『田島さん、倉井がヒットしました！』

「ありがとう、吾妻橋かな？」

『そうです！』

やはり、と思ったが、稲原からは意外な言葉が返ってきた。

『しかも、検出されたのはほんの十分前です』

倉井はここにいる！

ターゲットである原田を確実に殺害するため、爆弾をリモコン操作するつもりなのだ。

だとすると、いまもどこからか見ているのかもしれない……。

田島はゆっくりと周囲を見渡し、それから原田に向き直った。

「犯人は元警視庁ＳＡＴの倉井という男です。狙いは参事官だけです。そのため時限式等ではなく、参事官が着席したのを見届けた上で、遠隔で爆破させるつもりなのだと思います。逆に言うと、近くに行かないかぎり、爆破されません」

根拠はなかったが、ここは倉井の『美学』を信じるしかなかった。目的を達成できないときは、作戦そのものを放棄する、と。

振り返ると設楽の姿がなかった。

「あれ？　さっきまでいたのにな」

恵美があたりを見渡した。それから目を丸くして田島に向き直った。

「やっぱり、あいつ！」

恵美は、裏切り者の正体は設楽だと断定したようで、いまにも追いかけていきそうだったが、やはり爆弾が気になるのか、地団駄を踏んで悪態をついた。

当の原田はこんな状況でも落ち着いた声で言った。

「ここの広さなら民間人には被害は及ばんか」

公園一帯が立ち入り禁止となっている。その五十メートルほど下流の吾妻橋には道を埋め尽くすほどの観客がいるが、水上バス乗り場の建物が壁になっているため、直接的な被害はなさそうだった。

「そうですね、幸か不幸か」

この場合の〝幸〟は、無差別ではなくターゲットはひとりしかいないということで、〝不幸〟はそのターゲットが原田だということだ。

「爆弾処理班を呼びたいところですが」

その様子を倉井が見たら、どう出るかわからない。うかつには近づけないだろう。

「こうやって、俺たちが喋ってて、いつまでたっても席につかないことに痺れを切らしてスイッチを押してしまうってことはないか。もしくはおれがこのまま立ち去ったりしたら」

田島はやや考えて、頭を横に振った。

「いずれ原田さんを狙うとしたら、やけになって起爆しても警戒態勢を無駄にあげるだけです。プロフェッショナルならやりません」

しかし……精神状態によってはあり得なくはないと思った。

となると、どうすればいいのか。せめて倉井の居場所がわかれば打つ手もあるのだが。

唇に人差し指を置いてなにやら考えていた恵美が、田島を向いたまま、その人差し指を原田に向けた。

「ところで、なんで原田さんが狙われてるってわかったんですか?」

「毛利さんのおかげですよ。倉井は命じられるままに任務を遂行しているだけ。そう言ったでしょ。それで繋がったんです。なぜわざわざ水元公園や隅田川花火大会を暗殺の場所に選んだのか、それは東基研のシステムが稼働しているからです」

「へ？　なんでわざわざシステムが見張っているところを選ぶんです？」

「次世代監視システムはソナー社の採用に傾いていますが、それに『待った』をかけているのは原田参事官です。ソナー社から見れば、目の上のタンコブです。だから――」

原田に対して暗殺という言葉を使いたくなくて、やや考える。

「排除したかったんですよ。さらに、東基研の受け持ちエリアで騒ぎを起こすことで評価を落とせば、ソナー社の評価は上がる」

「じゃあ、倉井はソナー社を採用させるために動いていたってことですか？　そこまでやります？」

「まだ裏があるのかもしれませんが、稲原君が言うには、ソナー社の監視システムは、倉井を見逃していた。それで、ひとつの仮説にたどり着いたんです」

ソナー社のシステムは『ベテラン警官』と変わらぬ洞察力を持ったＡＩが不審者を発見し、犯行を未然に防ぐことができる。しかし、もしその背後で特定の人物については意図的に見逃すことができるという仕組みが構築されているとしたら……。悪意を持つ者に対し『追われる心配をしなくてもいい環境』を提供することが可能になる。それこそがソナー社の狙いなのではないか。

「じゃあ、ソナー社のシステムが採用され、その結果を過信すればするほど、悪意を持った者に自由を与えてしまうってことなんですか？」

「そうです。つまり、『免罪符』を渡すようなものなのです。そしておそらくそこには金が動くのでしょう。この一件で落とした命の数を考えたら、かなり大きなね」

「このシステムが採用されている国では、捕まらない。そんな世界をつくろうとしていた……くそが」

恵美が悪態をついた。

そこに、設楽がタバコに火を点けながら戻ってきた。

「ちょっと、ここは消防対策本部前なんですけど？」

恵美が呆れた声を出す。

「いやあ、緊張を強いられる仕事をしてたんだ。一服だけでもさせてくれ」

旨そうに煙を薫らせると、恵美に向き直った。

「お嬢ちゃんの言うとおりだった。どうやら原田さんだけを狙っていたようだ。席の後ろと右側に柵があって、使われていたパイプは通常に非ず、だった」

「え、確認していたんですか」

「ああ」

「やはり、パイプ爆弾が？」

「特大のな」

「そ、それで？」

また煙を吐いた。

「パイプ爆弾っていっても、単純に火薬を詰め込んだだけじゃなかった。本来、爆弾の威力っていうのは無指向性だ。だから広範囲に被害が発生する。ただこいつには巧妙な仕掛けがあって、威力が一ヵ所に集中するようになっていた。原田さんが座るはずのところにね」

設楽が確認したところによると、パイプには切れ目や変形が見られた。これは意図的にパイプの強度に弱いところをつくることで、爆圧の方向を制御するためだという。さらに、ほかのパイプ爆弾が角度をつけて配置されており、爆発時の衝撃波を干渉させることで、向きをコントロールしていたという。

つまり、爆発で発生したエネルギーを、一点に集中させるための策だったのだ。

原田が、参ったな、と後ろ頭を掻いた。

「よほど嫌われているんだな」

設楽はそれには答えず、やや得意げに言った。

「それでよ、パイプの両端に受信機がついてた。巧妙にカモフラージュされていたがな。それをアルミホイルでグルグル巻きにしてきた」

設楽は首を大きく回し、左手で右の肩を揉んだ。

「いやー、緊張した。暗がりで良かった、俺は色黒だから溶け込めたんだな」

「アルミホイルって、なんのためにですか」

「今回の仕掛けはシンプルだった。リモコンのスイッチが押されることによって爆発する。ただし、爆弾のケーブルなんてのは、やたらめったらに切れるものじゃない。間違ったケーブルを切ったらそこで爆発しちまう。そこで電波を受信しないようにした」

「アルミ……ホイルで？　そんなので、いいんですか？」

「もちろん完璧じゃない。ただ、この規制エリアの外からじゃ届かないかな。二、三メートルくらいまで近付かないと反応しないだろう」

田島は深く深呼吸した。

「よかった……」

これで未曾有《みぞう》の惨事は防げる。直接的な被害が観客に及ばなくても、爆発が起きればパニックになり、転倒し押し寄せる群衆がドミノ倒しとなり死者が出ることもあり得たからだ。

「ただな、あそこのコンビニからアルミホイルを全部奪ってきちまったから、あとで苦情が入るかもしれん。捜査一課の田島だ、と言い残してきたから」

「そんなの、いくらでも買いますよ」

田島は口角が上がるのを感じた。

しかし、すぐにそれは下がった。

「参事官、なにを？」

原田は田島たちの横を抜け、自分の席に着こうとしていたのだ。

「完全に無効化されたわけでは――」

「設楽警部、だったね」

設楽はタバコを咥えたまま、指先だけで小さく敬礼した。

「爆発物は、私だけに被害が及ぶような配置なんだね？」

「ええ。そりゃいくらなんでもピンポイントってわけにはいきませんよ。周囲にも相当な爆圧がかかるはずですが、大半のエネルギーは、そうですね」

原田は頷き、そして田島に向き直った。

「いま、この瞬間もヤツはどこからか見ているのかもしれないんだろ？」

「はい……」

原田の意図がわかって、田島の心は沈んでいった。

「私が座っているのを見たら、起爆スイッチを押すだろう。そして反応がなければ、向こうから近づいてくるはずだ」

「し、しかし」

「ここで逃げても、また別のところで狙われる。決着を付けようじゃないか。これはお前らを信じてのことだ」

田島は頷くことしかできなかった。

原田は近くにいた係員を呼び寄せると、周囲から人を遠ざけるように指示した。

係員は意味が分からず、不思議そうな表情だったが、参事官からの直命ということもあって、離れるときは厳しい表情になっていた。

「さあ、行け。よく目をかっぽじってくれよ」

「かっぽじるのは耳では？」

恵美が指摘すると、原田はいつもの豪快な笑い声を発し、配置につけ、と唸って背を向けた。

三人はスマートフォンのアプリで同時通話モードにすると、別々の方向に散った。周囲に目を凝らす。

田島は同じ公園内を上流に向かって二百メートルほど移動していた。墨田《すみだ》区役所の対岸にあたり、東武線の鉄橋がすぐ横を走っている。

『田島さん、ひとが多すぎです、どこ見ればいいんですか』

恵美だった。

「原田さんの状況が見える場所にいるはずです」

そのくらいしか指示することができない。

しかし周囲は規制されていて、見通せる場所で人の動きがあるのは吾妻橋の上くらいだ。さらにそこはラッシュ時の通勤電車並みの混雑で、個人を特定するのは難しい。

対岸の墨田区役所側も規制されていて、関係者の姿しか見えない。

『屋形船はどうだ』

設楽が言った。

確かに、目の前には多くの屋形船が停泊しており、その屋根の上で花火見物をしているひとたちが歓声を上げている。

『あと、ビルとか、マンション』

会場周辺はそういった建物に囲まれている。

かなり遠いところから双眼鏡などで見ている可能性もあるが、自身の仕掛けが動作しない場合、任務を達成しようと必死に行動を起こすはずだ。そう考えると、遠くにはいない気がする。

「ひとつ言えるとしたら、観客は皆、空を見上げているはずです。その時、花火ではなく、原田さんのほうを見る者がいたとしたら……」

東武線の電車がゆっくりとしたスピードで鉄橋を渡ってきた。それを目で追って、田島は息を止めた。

鉄橋の下。規制エリアの先に仮設トイレがあった。境界には背丈ほどの高さにパイプが組まれており、ネットが張ってあった。

ビルに囲まれた隅田川で、花火が見られる場所はあまりないが、トイレの順番待ちの列はちょうどいい見物スポットだった。むしろ、トイレなんていかなくていいからここで見ていたい。そんな人たちの列だった。打ちあがる花火を目で追って、笑みを浮かべている。

——ひとりをのぞいて。

キャップを深く被った男が見ているのは空ではない。まっすぐ大会本部を見て、それから襷《たすき》にかけたバッグの中を確認している。焦った様子で中を覗き込み、また鋭い視線を水平に飛ばす。

田島はゆっくりとその男の方に歩いていった。すると、男の目が田島を捉えた。そして固まった。

間違いない。倉井だ。

西部劇の決闘のように、ふたりとも身動きせずに、睨み合っていた。

倉井が並んでいた列が進んだ。しかし倉井は動かない。背後に並んでいた男が倉井の肩を叩いた。

それが合図だった。

倉井は男を跳ね飛ばし、人混みの中に飛び込んだ。

「いた！　東武線のガード下！　公園内を上流に向かっている！」

そこまで言うと、追跡に集中した。

田島は一度規制エリアから出る必要があったので、回り込んだぶん、距離が開いた。

それでも視線は外さない。倉井は見物客をかき分けるように進んでいたが、田島の接近を察知すると向きを変え、隅田川の堤防をひらりと飛び降りた。

田島も後に続こうとしたものの、三メートルほどの高さがあって、躊躇した。しかし左右を見渡してみても、階段を使うには大きく迂回しなければならないため、意を決して飛んだ。

着地した瞬間、自身の膝が顎に衝突して呻《うめ》き声が漏れた。血の感触を口内に感じながら後を追う。足首も痛めたようだが、そんなことは言っていられない。

倉井は、普段は水上バスの発着場として使っている浮き桟橋に飛び移ると、横付けされていた水上バイクに跨《また》がった。屋形船からの転落に備えて待機していた、救助用の水上バイクだった。

異変に気づいた係員が叫びながら駆け寄るが、田島が浮き桟橋に着いたのと同時に、甲高いエンジン音と共に倉井の乗ったバイクは滑り出した。

「くそっ」

田島がもう一艇のバイクに乗ろうとすると、係員が腕を掴む。

「ちょっとあんた、なにやってんだ！」

その腕を逆に引き寄せ、係員の胸ぐらを摑んだ。

「これを運転してあいつを追ってくれ、緊急事態だ」

突き飛ばすように解放すると警察手帳を眼前に突き出した。

「い、いったい、なにごとなんですか」

突然、エンジンがかかった。驚いて振り返ると、恵美がバイクに跨っている。

「一から説明してたら逃げられますよ！」

田島は、泣きそうな声で異議を唱える係員を置いて、恵美の背後に飛び乗った。

水上バイクは隅田川を遡上《そじょう》していく。屋形船の間を抜け、花開く花火の真下を通り、百メートルほど先で白波をたてる倉井を追った。

白鬚橋を過ぎると、花火の華やかな雰囲気ははるか後方に置き去りにされ、急激に暗くなった。

「毛利さん、運転できるんですね！」

波にぶつかり、大きくバウンドした。シートからずり落ちそうになる。

「腰を摑んでください！　後ろでドタバタされるとバランスが取れない！」

田島は恐る恐る恵美の腰に手を回した。

「エロいこと考えたら突き落としますからね！」

そんなことは微塵も考えていない。

口は相変わらずだが、操縦技術は確かだった。こちらは二人乗りにもかかわらず、確実に倉井との距離を縮めている。

水神大橋《すいじんおおはし》を過ぎたところで隅田川は大きく左にカーブし、千住汐入大橋《せんじゅしおいりおおはし》から徐々に川幅は狭くなっていく。さらに上野東京ライン、つくばエクスプレス、東京メトロ日比谷線の三線が束になった鉄橋をくぐると、左右に蛇行しはじめた。

「毛利さん、大丈夫ですか！」

エンジンと波と風の音に逆らうように叫んだ。

「気が散るから話しかけないで！」

声を張り上げているが、追跡の真っ最中なのにどこか余裕が感じられた。追跡しながら技量を見極め、追いつけると確信したのかもしれない。

気ばかりが焦っていた田島も落ち着きを取り戻してきた。恵美のことを頼もしく思えるのははじめてかもしれない。

隅田川の川幅はいよいよ狭くなり、カーブではコンクリートの壁にぶつかりそうになる。かなりの閉塞感があった。

倉井との距離が近づいたぶん、倉井が起こす波の影響を受けて、時折大きくバウンドする。恵美も田島もびっしょり濡れていて、伊達メガネはいつの間にか飛んでしまっていた。

「田島さん、これどこまで続いているんですか」

「この先に新岩淵水門《しんいわぶちすいもん》がありますが、水門が開いていたら荒川に出られます。さもなくば、埼玉の彩湖あたりまではこんな感じで、最終的には川越《かわごえ》あたりまで行けるかも」

「さっきのなんとか水門は開いていると思います？」

「ふつうは雨が降って増水していたら、隅田川への流入を防ぐために水門は閉めるはずなんですが――」

ここで左右の護岸を見渡して、水位を確認する。かなり高いようだ。

通常、新岩淵水門は、荒川から隅田川へ流れる水の量を管理している。今朝のように雨が降るなどして、荒川の水量が上がると門を閉め、隅田川への流入を抑える。

しかし海抜ゼロ地帯を流れる隅田川は、潮の満ち引きによって一日のうちでも水位が一メートル以上変動する。すると荒川の水位よりも高くなることがあり、その際は水門を開けて、逆に隅田川から荒川に水を逃がしている。

「ま、燃料の有る限り、どこまでも追ってやりますよ」

やがて、暗闇にその水門が見えてきた。倉井はそこに突っ込んでいく。水門が開いているのだ。

スピードを落とすことなく通過すると、急激に視界が開けた。荒川に出た。

ここで倉井は大きく右にターンし、河口に向かって流れに乗った。恵美も遅れまいと後を追う。

しかし、隅田川の穏やかな水面とはうってかわり、大きなうねりに揺さぶられる。荒川は今朝までの大雨で増水していた。荒川を下っているので、対地速度はかなり速い。ただ、このような状況では、操縦技術の差が大きく現れるようだ。恵美は波をうまくつかまえ、倉井との距離をぐんぐんと縮めていった。

「田島さん、どうしますか」

「幅寄せして、河川敷に追い込めますか？」

「はい、行きますよー！」

倉井がバランスを崩して減速したところを見逃さなかった。恵美は一気に横に並ぶと、河川敷に押しつけていく。

「倉井！　止まれ！」

田島は叫ぶが、倉井にその気配はない。真っ直ぐ前を見つめ、こちらには目もくれない。

毛利はいったん離れる。

「止まれと言って止まってくれるとは思えませんね。じゃ、思い切りいきますよ」

恵美は西新井橋《にしあらいばし》の橋脚がつくる波に乗って前に出ると、急角度で接近して進路をふさいだ。そして体重をかけて船体を沈ませると、反動で浮き上がるのに合わせてアクセルを開けた。

後部からジェット水流が噴き出し、倉井を直撃する。

たまらず避けようとした倉井は、群生するヨシの中に突っ込んだ。

振り返ると、水上バイクが鈍い音を立てて跳ね上がったのが見えた。草むらの中で護岸に乗り上げたのだ。

恵美は思い切り船体を傾けてターンするが、水流が速く戻ろうとしてもその進み方は遅かった。

倉井が衝突したと思われる場所からはまだ離れていたが、すぐ横に付ける。

田島はそれだけ言うと、河川敷にジャンプした。揺れる船体が蹴り出した足の力を吸収し、思ったよりも飛べなかった。さらに足を痛めていたために着地で踏ん張りがきかず、片脚をぬかるみに落としてしまう。

「大丈夫ですか?」

「大丈夫だ」

脚を引き抜いて護岸に上がる。

「違いますよ、相手は元SATですよ?」

射撃では敵わないが、素手の勝負なら引くわけにはいかない。

恵美に親指を立てて見せると、地面を蹴った。

倉井は、水上バイクから五メートルほど離れた場所に、仰向けに倒れていた。

田島の存在に気づいた倉井はゆっくりとした動作でうつぶせになり、膝を立てようとする。しかしどこかを痛めているのか、なかなか立ち上がれないようだ。

田島は慎重に近づいた。まずは身柄確保だ。

手錠を取るために、田島が腰の後ろに手を回した時だった。

いきなり世界が回転し、気がついたら背中から倒れていた。足を払われたことに気づいたのは、いままでとは逆に、倉井が田島を見下ろしていたからだ。

油断した、と後悔している暇はなかった。倉井の膝が飛んできて、田島は回転してそれを避ける。しかし背中から腕を回され、首を締め上げられた。

呼吸できず、酸素不足に陥った脳が過熱する。

田島は自分に言い聞かせた。

息をしようとしてできないから焦るんだ。故郷の海では二分くらいは息を止めて潜っていられただろう。だから焦るな。

そんなことを考えながら、情報を分析する。

体格はほぼ同じだが、狙撃手とはいえ、やはり近接戦の訓練も受けているのだろう。基本的な逮捕術しか知らない田島には分が悪い。

ジムまで行っていたのに、鍛えていなかったのを後悔した。

しかし、倉井はどこかを痛めているようだった。反撃の機会はある。

気道を確保するため、倉井の腕を引き離しにかかる。闇雲に暴れるのではなく、一点に力を集中させろ――。

隙間ができた僅かな時間に息を吸い込む。そして四つんばいになって倉井を持ち上げると、そのまま横向きに倒れた。そこから身体を回転させるようにして、水たまりの中に倉井を押し付けた。

後頭部をそらせて、倉井の顔を水たまりの中に押し込んでいく。

水を吸ってむせっている倉井の腕が弱まり始め、ついに倉井の腕が離れた。田島は空気を激しく吸い込みながら、いったん距離を取った。

振り返ると、膝立ちした倉井が油断ならない目で睨んでいた。

素早く観察する。大きな呼吸に合わせて顔を歪めるのは、やはり負傷しているからだろう。おそらく、肋骨《ろっこつ》か。

花火の低い音がここまで聞こえた。それに混じってサイレンも遠くで鳴っている。

残念ながら格闘では倉井にかなわない。ならば時間を稼ぐしかない。それを前提に、田島はこれからのプランを練った。

「倉井。過去になにがあったにしろ、いまのお前を理解したいとは思わない。しかし、こんなことをする理由については知りたいと思っている」

説得できる自信はなかったが、倉井は狂っているのとは違う気もする。そこに、倉井が耳を傾ける可能性があるのではないかと期待した。

「お前に指示を出している奴がいる。お前は利用されているんだろう？」

倉井がゆらりと立ち上がったが、なにも答えない。まるで言葉が通じない外国人を相手にしているようだった。

サイレンは確実に大きくなっている。もう少し時間を稼げば倉井の身柄を確保できる。

「なあ倉井。どんな大義があるんだ！　言ってみろ！」

遠藤、前沢、榊原が死に、そして原田まで狙われた。

倉井は相変わらずなにも答えずに、すっと腰を落とし、好戦的な笑みを浮かべた。

打撃で優る倉井だが、摑めればまだ勝機はあるかもしれない。

不意に左足が飛んできた。かろうじて右腕が間に合ったが、すぐに右足が弧を描いて飛んでくる。小さく折りたたんだ肘で受け止めるが、身体を反転させた倉井はすぐに左足を繰り出してくる。倉井は気合の掛け声を発することもなく、まるでダンスでも踊っているかのように次々に攻撃をしかけてくる。

田島は払っては下がり、払っては下がりで、防戦一方になっていた。

長い足が鞭《むち》のようにしなりながら、右、左、そして真ん中へ飛んでくる。高さも、膝下を狙ったかと思えば次の瞬間には頭部をかすめる。それらを懸命に払い、ガードしても身体がよろける。

しかし、体力の消耗は攻撃側の方が早いはずだ。なんとか耐えて、機会を待った。

すると、雨上がりのぬかるみに足を取られたのか、ほんの一瞬、倉井はバランスを崩した。

田島は体勢を低くし、タックルを仕掛けた。両足を抱え込むようにして仰向けに押し倒せれば、絞め技をかけられると思った。

しかし、それを予測していたかのように繰り出された膝蹴りをこめかみに受けてしまい、田島はよろける。

摑めばまだ勝機はある。そう思い伸びてきた左腕を摑もうとした瞬間、倉井が繰り出した拳に顎を捉えられてから意識が飛んだ。

倒れまいと身体をなんとか支えようとしたが、それはかえって回し蹴りのいい的になってしまったようだ。

側頭部を倉井の踵《かかと》が捉え、田島はその場に崩れ落ちた。

体はまったくいうことをきいてくれなかったが、不思議と意識だけはしっかりとしていた。

こんな時に頭をよぎるのは、自分への失望だった。

情けない、と空を見て思う。

応援が到着するまでの時間稼ぎにすらならなかった。

いまとどめを刺そうと攻撃されても、防ぐことすらできないだろう。万事休す。そう覚悟した。

しかし、それはなかった。

水を撥ね飛ばす倉井の足音が遠ざかっていくのが中耳に響いた。

くそっ、追わなければ。と焦るが身体は依然としていうことをきかない。

いったん目を閉じ、息を整え、警察学校で学んだことを思い出す。

脳しんとうは、外的な衝撃による一時的な脳機能障害で、自然かつ、急激に回復する。現場では、問いかけによって意識を確認する――。

田島はそれを自分に課してみた。

――名前はなんですか？

田島慎吾。

――出身は？

愛媛県松山市。

――なぜ脳しんとうを起こした？

倉井の回し蹴りを頭部に受けたから。

――他の部位に障害はありますか？

ない、と思う。

ここまでのところ、状況はしっかり認識している。

――さて、どうする？

倉井を、追う。

田島は上半身を起こした。とてつもない時間が過ぎたように思えたが、まだ走り去る倉井の後ろ姿が見えている。ちょうど、土手を上りはじめているところだ。

ゆっくりと立ち上がってみた。

――頭はふらつくか？

ちょっとね。

――走れるか？

やってみようじゃないか。

田島は深呼吸をし、ゆっくりとした歩幅で走りはじめた。

自分の強みは、しつこさだ。倒されても倒されても、どこまでも追ってやる。

頭のふらつきが収まってくるのに従って、徐々にスピードを上げていく。前を行く倉井との差は五十メートルほどに縮まった。脇腹を押さえているところを見ると、やはり肋骨を痛めていたようだ。

倉井は、いったん西新井橋の北詰を右方向に足を進める。住宅街に逃げ込もうとしたのだろう。しかしすぐに足を止め、向きを変える。

そこで、迫ってくる田島を見て今度は橋を渡りはじめた。

田島も橋に入ったとき、倉井が向きを変えた理由がわかった。連なったパトカーの回転灯が接近していたのだ。

そして、それは橋の反対側からも。

挟まれた倉井は橋の中央で立ち止まり、脇腹を押さえ、肩で息をしている。

倉井は殺到するパトカーの群に目をやり、口角を上げた。

田島は一歩、前に詰める。

「倉井、お前の境遇については理解している。私は浜村さんに会って直接話を聞いたんだ」

倉井の顔から表情が消えたように思えた。

「……浜村隊長に？」

「ああ、お前に会ったら伝えてほしいと言われたことがある」

倉井の奥行きのない目が田島を捉えた。その言葉を聞きたい、というよりはむしろそれを恐れているような気配すらした。

「もう終わりにしろ。そう伝えてくれと」

「……終わりに？」

倉井は空を見上げた。涙がこぼれないようにしているようにも見えた。

それから田島に目をやり、軽くジャンプして橋の欄干に腰をかけた。子供がやるように、足をブラブラとさせる。どこか、吹っ切れたような顔だった。

「あんたは、いい警官か？」

「そうありたいと思っている。なかなかうまくはいかないが」

その時、倉井は確かに笑った。少し俯いて、はにかむような、ささやかな笑み。

「それでも、あんたは先を見ていられる。俺は……戻れないんだよなあ。もう戻れないとわかっているのに、そう願ってしまう」

なにを……言っている？

「だから、戻りたいなんて思わない。ご忠告通り〝終わり〟にしよう」

ふうっと、また空を見上げた。

そこで、ようやく気付いた。

「おいっ！　よせ！」

駆け寄る田島、そして警官たち。

後ろ向きに落ちていく倉井の、跳ね上がった足先に、指が触れることはなかった。

倉井が濁流に飲まれるまでの、十メートルほどの自由落下の間、目があったような気がした。

それはまるで子供の頃に見た、アメリカのちょっと大袈裟《おおげさ》なアニメのようにも思えた。車に轢かれればペラペラになるし、フライパンで頭を殴《なぐ》られればぺしゃんこになる。

倉井の身体は広げた手のかたちのまま、水を押しのけながら沈んでいく。人型に凹んだ水面を一瞬だけ形成した後《のち》、やがて水が覆いかぶさった。それでも、もがくことなく、全てを受け入れたような顔で、飲み込まれた。

水量が多く、倉井はあっと言う間に押し流されて見えなくなった。

言葉がでなかった。自分が伸ばした手が虚しく空中で彷徨《さまよ》っていた。

やけに静かで、フィナーレを迎えた花火の音が、遠くで響いていた。

12

田島はイヤホンを耳に押し込んだ。それから胸ポケットの中の無線機のボリュームを調整する。

真夏の太陽は夜になってもその熱を残している。アスファルトから這い上がってくるような熱気に、田島はネクタイを緩めた。

『田島、見えるか』

声をかけてきたのは捜査一課長である福川《ふくかわ》だ。

「こちらからは、まだ見えません」

田島はビルの角から顔をのぞかせる。

「しかしハイヤーが到着してからしばらく経ちますので、そろそろかと思います」

『了解。全員、備えろ』

田島ら捜査一課の面々は、赤坂《あかさか》の裏路地にある料亭を張り込んでいた。

水元公園に端を発する一連の騒動を裏で企てた者がいる。自らの願望を叶えるために、精神的に参っていた倉井を操り、手足のように使ってきた。

だが、その黒幕もいまは追い詰められている。この料亭にはアメリカ人と一緒に来たのは確認されている。おそらく倉井を失ったことの対応を迫られているのだ。

田島は目線を後ろに向けた。そこには車に乗った恵美がいた。ハンドルを握り、前方を凝視している。車での逃走を阻止するため、行手を遮る係だ。

西新井橋から増水した荒川に身を投げた倉井。だが、その身柄は確保されていた。

あの夜、田島を河川敷に下ろしたあと、応援を呼ぶために、いったん現場を離れた恵美だったが、報告を受けて急行していたひめゆり号と合流し、現場に戻ってきていた。

そして橋で挟み撃ちにされた倉井が落下するのを水上から目撃し、ひめゆり号船長の長田と共に、迅速に救出していたのだった。

倉井は多量の水を飲んでいたものの、命に別状はなく、現在その身柄は公安部にある。

設楽の話では、倉井はなにも語ろうとはしないという。

婚約者を亡くした際に受けた精神的外傷に加え、何者かにより洗脳を受けていることを示す兆候があったという。

その『黒幕』を、いま捜査一課は包囲している――。

『動きあり』

無線が鳴り、ふたたび料亭の玄関に目を移す。おかみと数名の芸者らが並んで頭を下げるなか、ふたりの男が出てきた。

田島はピンマイクを口元に引き寄せた。

「本部、マルタイを確認しました」

『よし、行け！』

福川の号令に、どこから湧いて出たのかと思えるほど、物陰から一斉に刑事が飛び出してきた。その数は十名を超える。

車を急発進させた恵美は田島の脇を猛スピードで駆け抜け、ハイヤーの鼻先で停車させた。ドアを開けようとしたハイヤーの運転手に、田島は留《とど》まるように指示をすると、ゆっくりと車を回り込み、男の前に立つ。

「捜査一課です。いろいろと、お話を聞かせていただく必要があります――浜村警視」

倉井の元上司だった浜村は、動揺を押し殺して平静を装っていたが、目尻は小刻みに痙攣《けいれん》していた。

「なんなんだ、これは？」

「国外逃亡でも相談していたんですか」

となりの男に視線を飛ばす。アーロン・バネットという米国人であることは調べがついている。自称〝コーディネーター〟。企業等からの依頼を受け、ものごとの〝調整〟を請け負っているという。

ソナー社製次世代監視システムを採用させるために、どんな〝調整〟をしたのか。三人の命を奪ってまで採用させようとしたその裏にある動因を徹底的に解明する。

アーロンは、日本語はわからない、といった様子だったが、言語の壁を盾にシラを切ることはできない。なぜなら……。

大股で駆け寄ってきた恵美がものすごい剣幕で捲し立てた。さすがスタンフォード大を出ただけのことはある。田島には恵美がなにを言っているのか半分もわからなかったが、その大部分は汚い言葉なのではないかと不安になるほどだった。

ただ、動揺するアーロンの顔を見ていると、あながち間違ったアプローチではないのかもしれない。

＊＊＊

この逮捕劇は、原田の懺悔《ざんげ》にも似た吐露が発端だった。

花火大会の日の深夜。警視庁本部の参事官室に、田島と恵美はいた。

「浜村との関わりは六年前まで遡るんだ」

原田は言った。

「六年前といえば、例の抗争事件ですか」

原田は無言でうなずいた。

「倉井はその抗争のとばっちりで、婚約者と、産まれるはずだった我が子を亡くした。そのせいで心を病むようになり、心神喪失状態だったそうだ」

そこまでは田島も聞いていた。

「その抗争では倉井の婚約者も含めて四名、いやお腹の子も入れれば五名もの市民の命が奪われた。しかし、当の暴力団は、お互いにチンピラに手打ちをさせて収束を図ろうとしていた」

田島は眉をひそめた。

「抗争が抗争をよんで、結局相討ちになったんじゃないですか？　それで組織は衰弱し、結果的に双方消滅したはずでは」

「その通りだ。ただな、どうにも腑に落ちなかった。実は、報復はしない、と両方の組長から確約を得ていたからだ」

「そうか。参事官は、現職の前は組織犯罪対策部にいらしたんですね」

「ああ。それで調べ始めたわけだ。するとひとつの可能性が浮かんだ。一度収まりかけた抗争が激化したのには、第三者の介入があったんじゃないかと」

田島は、慎重にうなずき、先を促した。

「抗争をさせ続け、潰し合いにしたかった者がいる」

論理を超えたところで、直感とも言える思考が答えを導き出す。

「それが……倉井ですか」

「ああ。あいつは、婚約者と子供を奪われた。それなのに双方の組長は責任をチンピラに押し付けてのんびりやっているわけだ。それが許せなかったんだろう。片方の幹部を殺害し、他方の報復を誘った。組に自重の空気が流れれば、さらに別の幹部を殺した。そうやって抗争の連鎖を止めさせなかったんだ。やがて疑心暗鬼に囚われたふたつの暴力団組織の争いは、それぞれの組長が、フィリピンの滞在先と目黒の自宅前で殺されるまで続いた」

憎しみの連鎖を止めさせないことで、双方の壊滅を狙ったのか……。

「最終的に組長を失って弱体化したわけですが、倉井はどこまで絡んでいたんですか」

「わからない。ただ、俺の追及もお預けになった」

「なぜです」

「査問委員会が開かれた。その時、倉井側の証言に立ったのが浜村だ。アリバイからなにからなにまで証言し、倉井の無実を主張した。世間的には倉井は悲劇の警察官で、社会の悪たる暴力団組織が二つ消えた。これらを結びつけても得はないと、この件は塩漬けにされた」

浜村がどういうつもりで倉井を擁護したのかはわからないが、倉井はすでに正常な判断ができていなかったかもしれない。

「倉井は、浜村に恩義を感じていたんでしょうか」

「どうだろう。一時は廃人に近い生活を送っていたという証言もある。それを浜村は支えていたんだが、それは『この日』のためだったのかもしれない」

「マインドコントロールですか」

「不可能ではなかっただろうな。このあたりは、精神科医による鑑定が行われるから、じきにわかるだろう」

原田は立ち上がり、窓の外に目をやった。

「その後、刑事部に異動させられた俺は、それまでとは一変した日々の生活に追われて、そのことも頭から徐々に消えて行った」

「結婚もされましたしね」

恵美が場違いなほどに明るく言う。

「お子さんも生まれましたし」

しかし、田島も追従してしまった。

原田は二人を品定めするように交互に目を配った。

「それに、お前らみたいな問題児の相手もせにゃならんしな」

そして、ささやかな笑みを浮かべる。それが妙に懐かしくて、田島は嬉しかった。

しかし、しばらく名残惜しそうに留まっていた笑みも、溶け出すように消えた。

「皮肉なものさ。いまになって、ふたたび俺は浜村と絡むことになった」

タバコを吸いたそうに胸ポケットに手をあてたが、全館禁煙を尊重して、飴玉《あめだま》を放り込んだ。

「それが次世代監視システムの評価だ」

浜村も監視システムの選定に関わっていたのだろうかと記憶を探り、やはりそんな話は聞いていない、と泳がせていた視線を原田に戻した。

「最後まで残った二社の評価はほぼ互角だった。ただソナー社は他国も採用を検討していたからな、連携をとる上では有利だった。しかし、お前はこの背後にある問題に気付いたんだろう？」

「ええ。ソナー社のシステムには、意図的に隠された仕掛けがあります。任意の人物については反応させないことができる、という」

原田は頷いた。

「これは根が深い。特にヨーロッパは監視カメラの先進地域だ。仮に指名手配されたテロリストがうろうろしていたら、すぐに見つかるだろう。だが、それも地獄の沙汰も金次第ってことだ」

「ソナー社はテロリストと共謀していたんですか」

「それについては捜査中だ。なにしろ巨大企業だから、一部の部門が勝手にやっていた可能性もある」

恵美が、信者が教祖を崇《あが》めるように言う。

「CEOのディエゴ・アラナの講演に行ったことがありますよ。ソナー社はテクノロジーを一からすべて自社開発してきたというよりも、CEOのカリスマ性に集まってくる資金を元に買収を繰り返して大きくなった会社ですから、社員の国籍を含めて、内部は複雑そうですね」

開発にかかる時間やノウハウを金で買うということだ。

「まだ噂レベルだが、買収した企業のなかに、テロ組織の資本が流れ込んでいたところがあったらしい。このあたりは各国の捜査機関と連携をとって捜査を進めていくことになるだろう」

恵美が唇を尖らせる。

「それで、浜村はどこで絡むんですか」

ここからだよ、と原田は細めた目で、しかし鋭い光を宿した視線を配った。

「このシステムが広く採用されればされるほど、〝仕掛け〟の価値は上がる。ソナー社の持つブランド力とマーケティング力。それを武器に世界中に勢力を広めていった。ところが――」

原田はソファーに体を埋めた。

「多くの国ではライバル不在の彼らだったが、日本は違った。東基研だ。性能が拮抗していることに加え、『できれば国産』という島国根性も作用したのかもしれない。なかなか採用が決まらずに焦ったのだろう。コーディネーターを通じ、警察内部に協力者をつくることにした。それが浜村だった」

「東基研の監視システムが稼働しているところで騒ぎを起こせば、相対的にソナー社の評価をあげることができる、ということですか」

そこでようやく繋がった。

「遠藤警部が摑んだ癒着というのは、ソナー社と浜村のことだったんですね。世界的な規模で採用が決まりつつあるこの最終局面で騒ぎを起こされたら、全てが水の泡になってしまう。そこで、浜村が遠藤を排除するために使ったのが倉井だった」

「そうだ。口を封じるとともに、東基研の評価を下げるためにな」

あの日浜村から公園に呼び出された遠藤は、大きな演出の一部として殺されたということになるのか。

それでも田島には気になることがあった。

「参事官は、あの日、どうして水元公園にいたんですか。事件発生時、偶然近くにいたなんて、嘘ですよね」

「はっきり言ってくれるなあ。だがまあ確かに嘘だ。あれは浜村をマークしていたからだ。途中で見失ってしまったんだが、それは例の廃ビルの近くだった」

「しかし……そもそも、どうして浜村をマークしていたんです」

田島の中では、浜村の存在が繋がっていなかった。

「次世代監視システムの特筆すべき点は、ＡＩを使った人物評価機能だ。言うなれば経験豊かなベテラン警察官の目を持ったＡＩだ。怪しい奴は見ただけで分かる、その職務質問の技術を学ばせたわけだな」

ここまではいいか、と原田が目で聞いてくるので、田島は慎重に頷いた。

「そう、聞いています」

「システムの比較試験がはじまった直後のことだ。東基研の社長が俺を訪ねてきた。このＡＩが街で怪しい奴を見つけた。つまり、その表情や挙動からマークすべき人物だと判断したということになる。その人物が、浜村だった」

田島と恵美の、えっ、と上げた声が重なった。

「つまり、ＡＩは浜村を、悪意を持つ者として判定したということですか」

原田はゆっくり、そして深く頭を縦に振った。

「そうか。それで、参事官は水面下で東基研と動いていたんですね」

恵美も合点したようだった。

「それはそれで癒着に見える。紛らわしい」

「まあ、そう言うな。相手が現職警察官だと慎重に調べる必要があったからな」

田島は苦笑しながら、こめかみを人差し指で搔いた。

「ジレンマですね」

「ああ、まさにな」

「なにがジレンマなんですか」

唇を尖らせた恵美が腕組みをしながら訊いた。

「考えてみてください。システムが有為なものであれば警察官の不祥事だということになるし、間違っていたら、次世代システムは使い物になんかならない、ということになる」

そうかあ、と返答が返ってきた。

「だから原田さんは自分の預かり案件としてこっそり調査しようとしたんだ」

「そういうことだ。だが、事態は予想外の展開になってしまった。お前たちに調べてもらいながら、俺は浜村の関与を探っていた。なかなかつながりが見えてこなかったんだが、倉井の写真を見せられたときに繋がったよ」

半ば腰を浮かせた恵美が、前のめりで言う。

「じゃあ、はやく浜村をひっぱりましょうよ」

原田は襟元に指を差し込むと、左右に振ってネクタイを緩めた。

「ただ、あいつが一連の犯罪に関わったとする証拠がない。二課や公安も動いているが、任意同行は求められても、逮捕状がすんなり出るかどうかはわからん」

「倉井がいるじゃないですか！」

恵美はすでに立ち上がって、ドアを指差した。その方向に救出した倉井がいるわけではないだろうが、いまにも倉井を連れてきそうな勢いだった。

「あいつは、浜村が前沢を撃ったところを見たはずです。利用されたってことを判らせれば協力するんじゃないですか。だって、『もう終わりにしろ』って田島さんに言わせたのも、死ねって命じたようなものじゃないですか」

実際、そうだったと思う。倉井に『もし会えたら』というのは、つまりは田島が倉井を追い詰めたときで、『もう終わりにしろ』は捕まるくらいなら死ね、という暗示だったのではないのか。

暴れ牛をとどめるように、原田は両手を広げた。

「なにしろ精神的な問題だからな、解決にはまだ時間がかかるだろう。そっちは優秀な精神科医をつけてくれるっていうから、任せるしかない」

「そうこうしている間に逃げられちゃいますよ」

「実は、浜村はすでに行方をくらましている」

ほらあ、と呆れる恵美とは対照的に、原田の表情には余裕が見てとれた。

「ひょっとして、いまも追跡中なんですか？」

田島が聞くと、したり顔が返ってきた。

「ああ。〝新人〟のベテランが潜伏先を突き止めてくれた」

東基研の次世代監視システムに追われているのかと得心した。そう思うと、どこか皮肉めいて見える。

しかし原田の言う通り、ここで身柄を確保しても決定的な証拠はない。

もし倉井が証言したとしても、物的証拠はない。

浜村は倉井を操って遠藤を暗殺させた。そして自らは、前沢と榊原を手にかけた。

榊原――。遺体と対面しただけで、一度も彼と話をしたことはなかったが、心の弱さを利用された。おそらく何度もやめようとしただろう。彼の妹が素早い手続きのもと渡米できたのも、榊原の心変わりを防ぐためだったのだろう。後にひけない状況をつくり、事件に関与させた。

彼は引き金を引くことを躊躇しただろう。ただ、完璧な計画のために遅れは許されない。そこで浜村が榊原の拳銃を使って前沢を射殺した。

それなのに、浜村の汚れた両腕に手錠をかけることはできないのか。どうすれば……。

考え込んでしまった田島の眉間に、ふっと吐息が触れた気がして顔を上げた。もちろんそんなことはないのだが、芽衣の細い指先だったような気がした。

田島は鼻から息を吐き出した。肺の中すべての空気を。そして新鮮な空気と入れ替え、深い皺を刻んでいた眉間を人差し指で撫でた。

なんの前触れもなく、霧が晴れたような気がした。まるで高原の斜面に漂っていた霧をちょっとした風が押し流し、降り注いだ太陽光線が鮮やかな緑に反射するように。

田島は、もういちど深呼吸をした。ゆっくりと背もたれに体を預けながら、自らの考えを検証した。

「浜村の殺人事件への関与を証明できるかもしれません」

恵美が目を丸くする。

「殺人って……どの？」

「前沢です」

「証明って、どうやって？」

田島は部屋の隅にあるゴミ箱の中に目をやって、それから原田と恵美を交互に見やった。

「その前に苅部さんに連絡をとります。確認しておきたいことがあるので」

「うん？　だれ……それ」

怪訝に歪んだ眉間をほぐすよう、田島は恵美に向かって、自分の眉間に人差し指を置いてみせた。

＊＊＊

なにごとかと料亭から出てきた女将や芸者たちに対して、なんでもないよ、と余裕で手を振る浜村を目の前にして浮かんでくるのは、憎悪だった。

その浜村は、くるりと田島に向き直ると、鬼のような目で睨んできた。

「おいおい。いったいなんの容疑だよ」

以前、警視庁術科センターで会ったときのような柔和な印象はない。鬼、という表現がぴったりと嵌まる。

田島は、その鬼に困った顔をしてみせた。

「それは、ちょっと説明しづらいですね」

「そんな、いい加減なことで逮捕できるなんて思っ――」

「捜査一課は前沢に対する殺人です。それ以外に、捜査二課、さらに公安部もそれぞれ逮捕状の請求に入っています。説明しづらいというのは、容疑が多すぎるってことですよ」

浜村はそこで口を噤んだ。ぐっと顎を引き、眉間に刻んだ皺によって押し出された目蓋が、般若の眼のように上半分を覆っている。

「これ以上は弁護士を通さないと話さない」

「構いません。後悔しないようにいい弁護士を付けてください」

ひとりの刑事が手錠をかけるために浜村の腕を摑んだが、浜村はそれを振り解き、一触即発の空気が流れた。

田島は掌をかざして、いまにも飛びかかりそうな刑事たちを抑えると、なにかを言いたそうな浜村にその機会を与えた。

「おとなしくついていってやるが、殺人罪については異議がある。なにを根拠に言っているんだ」

田島は当たり前だ、と肩をすくめてみせた。

「証拠です。あなたがあの場にいて、引き金をひいたという確証が得られたので」

「そんなものあるわけがない」

「なぜです。証拠隠滅に自信を持っていたんですか」

「違う！　あの場には行っていないからだ！」

鼻の穴を極大にさせ、ポンプのようにからだを大きく膨張縮小させながら呼吸を繰り返した。

「それはおかしいな」

浜村の目は小刻みに揺れていた。記憶を探り、自らの行動にミスがなかったかどうかを検証しているようにも見えた。

「ひょっとして、倉井がなにか喋ったのか？　あいつは精神に異常をきたしているんだ」

そう言いながら自分のこめかみを人差し指でつついたが、田島はそれには反応しない。

「まず浜村警視があの場所にいたという理由ですが」

「そうだ、あの場所にいなきゃならない理由なんてない」

「それがですね、あるんです」

田島の揺るぎない声に、浜村は抵抗するように押し黙った。

「遠藤警部への狙撃。これは倉井ひとりでは行なえないからですよ。四百メートル近い長距離において精密な射撃を行なうには、狙撃手に対して助言を行う〝スポッター〟が必要です。当日は風が絶えず変化していた。さらに気温、射撃対象との距離、角度。射撃手はスポッターの情報を頼りに、瞬時に修正する」

「それが……どうした」

「まず、あなたは元々優秀なスポッターだったそうですね。その情報収集能力、判断能力を買われてSAT隊長を任されたのち、現在は訓練の立案を行なっている。そして、倉井が信頼できるスポッターはあなたしかいない。これが、あなたが現場にいなければならなかった理由です」

「わけがわからねぇことをぐちゃぐちゃと」

浜村の目が鋭く光った。田島はそれを押さえ込むかのように一歩分、距離を詰めた。

「命がけの現場を共にした元上司と部下というだけの関係じゃない。あなたたちは黒歴史を共有している。むしろ、倉井にとっては負い目と言えるかもしれない。あなたはそれを利用し、命令には無条件で従うよう、倉井を精神的にプログラムした」

浜村はまた押し黙った。その岩のような表情の奥では、棋士のように、何十手も先を読み切ろうとしているのかもしれない。

そして、一手をさしてきた。まるで〝飛車〟を誘う、捨《す》て駒《ごま》の〝歩〟のような質問だった。

「それで？」

「それで、とは」

「それはお前の妄想でしかないだろう。俺が前沢を撃ったという証拠はあるのかって聞いてんだ！」

田島は、困ったような表情をして見せる。

「ありますよ」

浜村は田島の目をのぞき込んだ。まるでその奥に田島の考えが見えるのではないかというように。

「そんなものは……ない」

「いえ、ありましたよ。榊原巡査が射撃時に着用していたポリスグローブです。これは現場資料として回収され、検査の結果、硝煙反応が確認されました」

当たり前だろう、と浜村はうなずく。

「これをですね、さらに解析させたんですよ」

浜村の目が警戒色に染まった。

「その結果、グローブ内部から榊原巡査本人とは異なるDNAが検出されました。あの日は、すこし蒸し暑かったようですね」

ややあって、浜村は鼻で笑った。

「汗にはDNA情報は含まれない」

ひっかけには乗らないというようだった。

「その通りです。ただ、付着していた皮脂に混ざってDNAが検出されましたよ。榊原巡査は小柄で手も小さく、グローブはSサイズのものを使用していました。浜村さん、その大きな手で、彼のグローブをはめるのは大変だったでしょう。いや、むしろ取る時ですね。汗をかいていたら、なおさらです」

浜村の顔から表情が消えていった。

榊原の部屋を訪ねてから、ずっと小骨のようになにかが引っかかっていたが、やがて思い当たったのは、榊原はＯＣＤ（強迫性障害）ではないかということだった。

いわゆる潔癖症が気にするのは、あくまでも視覚をはじめとした五官で感じられる範囲だが、それとは根本的に異なり、ＯＣＤは手についたバイ菌など見えないものでも想像するだけで恐怖心につながる。

田島の場合は特に規則性に対して強いこだわりを持つが、だからといって日常生活では困らない。居心地は悪くてもそこに恐怖心はないからだ。

榊原の部屋は、ただ単に清潔というだけではなかった。例えば液体石鹸や歯磨き粉などのストックが多く揃えてあったのは、安心できる銘柄のものを切らせたくないという心理の現れだ。その強迫観念から長時間洗い続けることがあるため、水道や石鹸類を大量に消費してしまうのだ。

榊原の上司である苅部にその点について話を聞いてみたが、やはりＯＣＤ特有の症状が見られていたことを確認した。

榊原本人も悩んでいて、職務においては普通に見えるようかなりの努力をしていたという。

　しかし他人が使用した後のグローブを再度着用することはできなかった。それが、浜村が使用した痕跡を残したまま回収されることにつながったのだ。

「あのグローブを使ったのはあなたが最後。つまり、前沢が撃たれた拳銃を最後に使ったのは、あなたたなんです」

　言い返すべき言葉を探すことに全エネルギーを傾注していたのかもしれない。田島が目で合図した刑事がその腕に手錠をかけても、抵抗を示さなかった。

エピローグ

事件は大きく報道されるところとなった。ソナー社の監視システムの導入をすでに決定していた国もあったことから国際問題にも発展している。

捜査は依然として続いているが、ソナーエスカレーションズ本社としては事件には関与していなかったという見方が強まっている。

ソナー社が数年前に買収したアイルランドの企業に、あるテロ組織の資金が流れていたことが判明したのだ。このテロ組織は優れたAIシステムを開発していた企業に資金を提供する代わりに〝仕掛け〟を組み入れさせた。

ただこの商品価値を高めるためには広範囲にこのシステムが採用される必要があ

った。そこで自らソナー社に買収を持ちかけたようだった。

この報告を受け、アメリカからディエゴ・アラナCEOが来日し、捜査に全面的に協力すると表明、警視庁にも訪れている。

ちなみに、このときの警視庁側の通訳を務めたのは恵美だった。いくつかの報道番組にも、その嬉々とした姿が捉えられている。

「ねぇ、田島さん。いっこわからないんですけど」

そう言う恵美に田島が答える。

「それは私のセリフです。なんでここにいるんですか」

ここは田島のオアシスたるスポーツバーだ。一段落したので立ち寄ってみたのだが、恵美までついてきた。しかも自分の会員証まで持っていた。

「別にいいじゃないですか。健康志向になっただけです。ね、芽衣さん」

カウンターの中では芽衣が楽しそうに笑っている。

「前にクラスにも来てくれたんですよ」

いつの間に会員になったのだ。これではストーカーではないか。

「それで、なんですか。わからないことって」

「ああ、えーとですね、あれです。原田専務ですよ。どうして途中でプロジェクトを止めさせたのかなぁって」

どうやら、芽衣の目を気にして隠語を使っているらしい。

しかしそれならそれで、芽衣に対して引け目を感じてしまう。この場において、恵美とだけ秘密を共有しているということが嫌だったのだ。

「芽衣さん。言っていなかったことがあります。私は警察官なんです」

いきなりの告白に芽衣が目を丸くした。

「もう、せっかく気を遣っていたのに、なんで言っちゃうんですか」

恵美が自分の厚意を無駄にされたとふくれ、芽衣が小首を傾げた。

「どうして気を遣われるんです？　ご立派なお仕事じゃないですか」

恵美は身を乗り出した。

「知り合いならいいですよ。でも、ぶっちゃけ嫌じゃないですか？　実際、恋人にすると面倒くさいですよ。時間は不規則で、事件が起きればデート中でも呼び出される。海外旅行なんて、連休をもらうための根回しで疲れ果てるから消極的。ふたりきりになっても捜査のことが頭をよぎっていつも上の空。だから、付き合いはじめても、すぐに別れる人が多数。これ、毛利調べです」

さらに追い打ちをかけた。

「というわけで、自分が警察官、特に刑事だと名乗らない男がいるとしたら、それは好意を持った相手に嫌われたくないからです」

あら、と芽衣が田島を見る。

「いい加減にしてください」

「なにがいい加減ですか！　ね、芽衣さん。ところでメガネをかけないほうがイケメンじゃないです？」

先日の水上バイクの際に失くして以来、買いに行く機会もなく、ここ最近はメガネをしていない。

「あら、でも以前お食事に行ったときもそうでしたよ」

きゃー、と恵美がカウンターを叩き、この前はあたしの腰に手を回したんですよ、と言い返す。

なんなんだ、これは。やはり恵美の口を自由にしてはならない。

「それで？　原田参事官がどうしたって？」

戯《ざ》れ言《ごと》はお開きとばかりに語気を強めた。

「だからプロジェクト中止の件」

芽衣が気を利かせたのか、用事を思い出したかのように、田島たちからすっと離れた。

「参事官のシャツを見ました？」

「シャツ？　なんの変哲もないやつですよね」

「そのシャツが皺くちゃだったのに気づきました？」

「そうでした？」

「いつもは日替わりです。奥さんがきちんとアイロンをかけてくれていますから。でも、あの頃は違った。つまり帰宅していなかったということです」

「忙しかったのかな？」

「そうじゃありません。家族を危険な目にあわせたくなかったからですよ」

参事官室に行ったとき、ゴミ箱には衣料雑貨店の袋が捨ててあった。隅田川花火大会の本部に顔を出す際は、身なりを整えておきたかったので購入して着替えたのだろう。

「私たちに捜査を命じた時はまだ全貌が見えていなかった。しかし、そこに倉井の存在や、次世代監視システムの採用の裏に陰謀めいたことがあるのに気づいた。だから止めさせたんです」

「でも、それならそう言えばいいじゃないですか。意味ありげに『手を引けぇ』なんて言うから」

「関わりを知られたくなかったんですよ。浜村が我々のことを知れば、遠藤警部や榊原巡査にしたことと同じことをしたかもしれない。それに理由を言ったところで、我々は素直に引き下がりましたか？」

「あたしはね。あなたです、引き下がらないのは」

待て待て。引き下がっていいのか、とけしかけたのは恵美ではなかったか。

人差し指をピンと伸ばして田島に向けた。

「芽衣さーん、終わりましたー」

そして自分のペースで話を終わらせた。

カウンターの奥から戻ってきた彼女は、いつもの笑みを浮かべている。

その笑みにずいぶんと気持ちを楽にさせられた田島は、スムージーをひとくち吸い込んだ。

そして、ふと見上げた天井に、監視カメラがあるのに気がついた。

田島は、監視システムについては、捜査で活用しているだけに肯定的な立場をとってきた。しかしそれを過信した時、逆に利用されてしまうこともあるのだと、今回の事件で思い知らされた。

どんなに技術が進化しても人間が主体であるべきだ、とよく言われる。

システムが不安定なうちはその意識も強い。

しかし、監視社会が進み、それが当たり前になってくると、人間は依存してしまうのかもしれない。

都合良く考えてしまうのが人間だ。

そこに〝逸脱の標準化〟を生む隙が出てくるのかもしれない。

また思う。監視とプライバシーを共存させることは、警察に課せられた使命だ。

田島はそのレンズの奥を見通すように眺めた。

そこにあるのはプライバシーの侵害か、それとも管理された監視なのか。

田島は思いを馳せ、またスムージーのストローを咥えた。

ふと、伊佐爾波神社へのぼる、不揃いで長い石段が思い浮かんだ。

その石段を毎日上っていた父がなにを考えていたのか、いまとなってはわからない。

いや、父親のことはなにもわかろうとしていなかった。だから、いまになってわかろうともがいているのかもしれない。

それは、隠された真相に辿り着こうとする行為を象徴しているようにも感じた。

田島は、小さく吹き出した。伊佐爾波神社にお祓《はら》いにでも行ったほうがいいかもしれない。父は几帳面なひとだったから、きっとお参りをしたくて彷徨っているのだろう。

「有休でもとろうかな」

そう呟いた。

本書は文庫書下ろし作品です。

|著者|梶永正史　1969年、山口県生まれ。『警視庁捜査二課・郷間彩香　特命指揮官』で第12回「このミステリーがすごい！」大賞を受賞し、2014年にデビュー。『銃の啼《な》き声　潔癖刑事・田島慎吾』や本書などの「潔癖刑事」シリーズ（講談社文庫）他、『警視庁捜査二課・郷間彩香　パンドーラ』、『組織犯罪対策課　白鷹雨音《しらたかあまね》』、『ノー・コンシェンス　要人警護員・山辺努』、『アナザー・マインド　×1《バツイチ》捜査官・青山愛梨』などの著書がある。

潔癖刑事《けつぺきけいじ》　仮面《かめん》の哄笑《こうしょう》

梶永正史《かじながまさし》

講談社文庫

定価はカバーに
表示してあります

2020年７月15日第１刷発行

発行者――渡瀬昌彦
発行所――株式会社　講談社
東京都文京区音羽2-12-21　〒112-8001
電話　出版（03）5395-3510
　　　販売（03）5395-5817
　　　業務（03）5395-3615

Printed in Japan

デザイン―菊地信義
本文データ制作―講談社デジタル製作
印刷―――豊国印刷株式会社
製本―――株式会社国宝社

ISBN978-4-06-519485-0

講談社文庫刊行の辞

二十一世紀の到来を目睫に望みながら、われわれはいま、人類史上かつて例を見ない巨大な転換期をむかえようとしている。

世界も、日本も、激動の予兆に対する期待とおののきを内に蔵して、未知の時代に歩み入ろうとしている。このときにあたり、創業の人野間清治の「ナショナル・エデュケイター」への志を現代に甦らせようと意図して、われわれはここに古今の文芸作品はいうまでもなく、ひろく人文・社会・自然の諸科学から東西の名著を網羅する、新しい綜合文庫の発刊を決意した。

激動の転換期はまた断絶の時代である。われわれは戦後二十五年間の出版文化のありかたへの深い反省をこめて、この断絶の時代にあえて人間的な持続を求めようとする。いたずらに浮薄な商業主義のあだ花を追い求めることなく、長期にわたって良書に生命をあたえようとつとめるところにしか、今後の出版文化の真の繁栄はあり得ないと信じるからである。

同時にわれわれはこの綜合文庫の刊行を通じて、人文・社会・自然の諸科学が、結局人間の学にほかならないことを立証しようと願っている。かつて知識とは、「汝自身を知る」ことにつきていた。現代社会の瑣末な情報の氾濫のなかから、力強い知識の源泉を掘り起し、技術文明のただなかに、生きた人間の姿を復活させること。それこそわれわれの切なる希求である。

われわれは権威に盲従せず、俗流に媚びることなく、渾然一体となって日本の「草の根」をかたちづくる若く新しい世代の人々に、心をこめてこの新しい綜合文庫をおくり届けたい。それは知識の泉であるとともに感受性のふるさとであり、もっとも有機的に組織され、社会に開かれた万人のための大学をめざしている。大方の支援と協力を衷心より切望してやまない。

一九七一年七月

野間省一

講談社文芸文庫

男

幸田文

働く男性たちに注ぐやわらかな眼差し。現場に分け入り、プロフェッショナルたちと語らい、体感したことのみを凜とした文章で描き出す、行動する作家の随筆の粋。

解説＝山本ふみこ　年譜＝藤本寿彦

こF11
978-4-06-520376-7

殁後30年

幸田文　随筆の世界

『ちぎれ雲』『番茶菓子』『包む』『回転どあ・東京と大阪と』見て歩く。心を寄せる。殁後三〇年を経てなお読み継がれる、幸田文の随筆群。

講談社文庫　目録

矢野　隆　戦国BASARA3
映島　巡　〈伊達政宗の章／片倉小十郎の章〉
タタツシンイチ　戦国BASARA3
鏡　征爾　〈長曾我部元親の章／毛利元就の章〉
タタツシンイチ　戦国BASARA3
梶　よう子　〈徳川家康の章／石田三成の章〉
風森章《しょう》羽　渦巻く回廊の鎮魂曲《レクイエム》〈霊媒探偵アーネスト〉
風森章羽　清らかな煉獄〈霊媒探偵アーネスト〉
加藤千恵　こぼれ落ちて季節は
神田　茜　しょっぱい夕陽
神林長平　だれの息子でもない
神楽坂　淳　うちの旦那が甘ちゃんで
神楽坂　淳　うちの旦那が甘ちゃんで　2
神楽坂　淳　うちの旦那が甘ちゃんで　3
神楽坂　淳　うちの旦那が甘ちゃんで　4
神楽坂　淳　うちの旦那が甘ちゃんで　5
神楽坂　淳　うちの旦那が甘ちゃんで　6
神楽坂　淳　うちの旦那が甘ちゃんで　7
神楽坂　淳　うちの旦那が甘ちゃんで　8
加藤元浩　捕まえたもん勝ち！〈七夕菊乃の捜査報告書〉
加藤元浩　量子《クォンタム》人間《マン》からの手紙〈捕まえたもん勝ち！〉
梶永正史　銃の啼《な》き声〈潔癖刑事・田島慎吾〉

川内有緒　晴れたら空に骨まいて
金田一春彦／安西愛子 編　日本の唱歌　全三冊
岸本英夫　死を見つめる心〈ガンとたたかった十年間〉
北方謙三　汚名の広場
北方謙三　試みの地平線〈伝説復活編〉
北方謙三　抱影
菊地秀行　魔界医師メフィスト〈怪屋敷〉
北原亞以子　深川澪通り木戸番小屋
北原亞以子　新地橋〈深川澪通り木戸番小屋〉
北原亞以子　夜の明けるまで〈深川澪通り木戸番小屋〉
北原亞以子　澪つくし〈深川澪通り木戸番小屋〉
北原亞以子　たからもの〈深川澪通り木戸番小屋〉
北原亞以子　歳三からの伝言
桐野夏生　新装版　顔に降りかかる雨
桐野夏生　新装版　天使に見捨てられた夜
桐野夏生　新装版　ローズガーデン
桐野夏生　OUT（上）（下）
桐野夏生　ダーク（上）（下）
桐野夏生　猿の見る夢

京極夏彦　文庫版　姑獲鳥《うぶめ》の夏
京極夏彦　文庫版　魍魎《もうりょう》の匣《はこ》
京極夏彦　文庫版　狂骨《きょうこつ》の夢《ゆめ》
京極夏彦　文庫版　鉄鼠《てっそ》の檻《おり》
京極夏彦　文庫版　絡新婦《じょろうぐも》の理《ことわり》
京極夏彦　文庫版　塗仏《ぬりぼとけ》の宴《うたげ》―宴の支度
京極夏彦　文庫版　塗仏の宴―宴の始末
京極夏彦　文庫版　百鬼夜行―陰
京極夏彦　文庫版　百器徒然袋―雨
京極夏彦　文庫版　百器徒然袋―風
京極夏彦　文庫版　今昔続百鬼―雲
京極夏彦　文庫版　陰摩羅鬼《おんもらき》の瑕《きず》
京極夏彦　文庫版　邪魅《じゃみ》の雫
京極夏彦　文庫版　死ねばいいのに
京極夏彦　文庫版　ルー＝ガルー〈忌避すべき狼〉
京極夏彦　文庫版　ルー＝ガルー2〈インクブス×スクブス　相容れぬ夢魔〉
京極夏彦　分冊文庫版　姑獲鳥《うぶめ》の夏（上）（下）
京極夏彦　分冊文庫版　魍魎《もうりょう》の匣《はこ》（上）（中）（下）
京極夏彦　分冊文庫版　狂骨《きょうこつ》の夢《ゆめ》（上）（中）（下）

講談社文庫　目録

木原音瀬 美しいこと
木原音瀬 秘密
木原音瀬 嫌な奴
近藤史恵 私の命はあなたの命より軽い
小泉 凡 怪談四代記〈八雲のいたずら〉
小島正樹 武家屋敷の殺人
小島正樹 硝子の探偵と消えた白バイ
小松エメル 夢の燈《ほ》影《かげ》〈新選組無名録〉
小松エメル 総司の夢
近藤須雅子 プチ整形の真実
小島 環 小旋風《つむじかぜ》の夢《む》絃《げん》
小島 環 原作 あなしん 脚本 おかざきさとこ 小説 春待つ僕ら
呉 勝浩 道徳の時間
呉 勝浩 ロスト
呉 勝浩 蜃気楼の犬
呉 勝浩 白い衝動
こだま 夫のちんぽが入らない
こだま ここは、おしまいの地
講談社校閲部 間違えやすい日本語実例集〈熟練校閲者が教える〉

佐藤さとる だれも知らない小さな国〈コロボックル物語①〉
佐藤さとる 豆つぶほどの小さないぬ〈コロボックル物語②〉
佐藤さとる 星からおちた小さなひと〈コロボックル物語③〉
佐藤さとる ふしぎな目をした男の子〈コロボックル物語④〉
佐藤さとる 小さな国のつづきの話〈コロボックル物語⑤〉
佐藤さとる コロボックルむかしむかし〈コロボックル物語⑥〉
佐藤さとる 天狗童子
佐藤さとる 絵/村上 勉 わんぱく天国
佐藤愛子 新装版 戦いすんで日が暮れて
佐木隆三 慟哭〈小説・林郁夫裁判〉
佐高 信 石原莞爾その虚飾
佐高 信 わたしを変えた百冊の本
佐高 信 新装版 逆命利君
佐藤雅美 恵比寿屋喜兵衛手控え
佐藤雅美 物書同心居眠り紋蔵
佐藤雅美 隼小僧異聞〈物書同心居眠り紋蔵〉
佐藤雅美 密約〈物書同心居眠り紋蔵〉
佐藤雅美 お尋者〈物書同心居眠り紋蔵〉
佐藤雅美 老博奕打ち〈物書同心居眠り紋蔵〉

佐藤雅美 四両二分の女〈物書同心居眠り紋蔵〉
佐藤雅美 白い息〈物書同心居眠り紋蔵〉
佐藤雅美 向井帯刀の発心〈物書同心居眠り紋蔵〉
佐藤雅美 一心斎不覚の筆禍〈物書同心居眠り紋蔵〉
佐藤雅美 魔物が棲む町〈物書同心居眠り紋蔵〉
佐藤雅美 ちよの負けん気、実の父親〈物書同心居眠り紋蔵〉
佐藤雅美 へこたれない人〈物書同心居眠り紋蔵〉
佐藤雅美 わけあり師匠事《こと》の顛末〈物書同心居眠り紋蔵〉
佐藤雅美 御奉行の頭の火照《ほて》り〈物書同心居眠り紋蔵〉
佐藤雅美 江戸繁昌記〈寺門静軒無聊伝〉
佐藤雅美 青雲遥かに〈大内俊助の生涯〉
佐藤雅美 悪足掻《あが》きの跡始末 厄介弥三郎
酒井順子 負け犬の遠吠え
酒井順子 金閣寺の燃やし方
酒井順子 昔は、よかった？
酒井順子 もう、忘れたの？
酒井順子 そんなに、変わった？
酒井順子 泣いたの、バレた？
酒井順子 気付くのが遅すぎて、

2020年6月15日現在